Henrik
Ibsen

Henrik Ibsen

005

近代古典劇翻訳〈注釈付〉シリーズ

ヘンリック・イプセン

野がも

毛利三彌 訳

近代古典劇翻訳〈注釈付〉シリーズについて

○本シリーズでは、近代劇の確立に寄与したとされる劇作家、イプセン、ストリンドベリ、チェーホフの代表的な劇作品を、本国における新しい編集による刊行本を底本として、個別に翻訳出版する。いずれも新訳または改訳である。

○すべて百年以上も前に書かれた作品であるから、古めかしい言葉や言い回しもあるが、原典にできるかぎり沿った訳となるとともに、上演にも適したせりふとなることをめざす。

○一般の読者には分かりにくいと思われる語句や状況、なじみの薄いと思われる習慣や事象、また人名、地名などについて、必要なときは、巻末で注として説明する。

○固有名詞の原発音をカナで表すのは難しい場合が多い。できるだけ原発音に近くすることを心がけるが、慣例にしたがう場合もあり、必ずしも統一された規則によっているとは言えない。

○仮名遣い、言い回し、せりふ記述の書式などは、それぞれの翻訳者の方式にしたがい、シリーズ全体で統一することはしない。

○本シリーズの訳をもとにして上演すること、またこの訳から台本を作成して上演することを歓迎するが、そのときは出版社を通して翻訳者の諒解を得てもらいたい。

近代古典劇をどのような解釈によって上演する場合でも、原作品をできるかぎり理解することは前提となるだろう。その一助となることに、本シリーズ企画の願いがある。

目次

ヘンリック・イプセン*作　毛利三彌訳『野がも』五幕の劇*（一八八四）

登場人物

豪商*ヴェルレ、製材工場主等々
グレーゲルス・ヴェルレ、彼の息子
老エクダル
ヤルマール・エクダル、老エクダルの息子、写真師*
ギーナ・エクダル、ヤルマールの妻
ヘドヴィク*、彼らの娘、十四歳*
セルビー夫人、豪商ヴェルレの女執事*
レリング、医者
モールヴィク、元神学生
書記グローベルグ
ペッテルセン、豪商の下僕
臨時給仕イェンセン
太った顔色の悪い紳士*
薄毛の紳士
近目の紳士
他の六人の紳士、豪商のパーティ客
数人の臨時給仕

第一幕は豪商ヴェルレの屋敷で、あとの四幕は写真師エクダルの家で進行する。

第一幕

豪商ヴェルレの家。豪華で気持ちよく飾られた書斎。本棚、装飾された家具、部屋の中央に書類や帳簿をおいた書き机。緑色のホヤのついたランプが燃えており、部屋は薄暗く照らされている*。奥にある開きドアはあいており、カーテンが横に引かれている。その奥に大きく優雅な居間が見えているが、ランプや燭台ローソクで非常に明るい。書斎の右手前面に事務所へ通じる小さな壁ドア*。左手前面に石炭があかあかと燃えている暖炉があり、左手はるか後方には食堂へ通じる両開きドア。

豪商の下僕ペッテルセンは仕着せ姿で、臨時給仕のイェンセンは黒い服装で、書斎を片付けている。奥の大きな居間でも他の二、三人の臨時給仕が行き来し、物を整理したり明かりをつけたりしている。食堂からは賑やかな会話や大勢の笑い声が聞こえてくる。ナイフでグラスを叩く音*につづいて静かになり、乾杯の挨拶がされる。ブラヴォーの大声がして、また賑やかになる。

ペッテルセン　（暖炉の上のランプに火をつけ、ホヤをかぶせる）どうだイェンセン、ええ。大将*立ち上がってセルビー夫人に長々と乾杯だ。

臨時給仕イェンセン　（肘かけ椅子を前に動かしながら）あの二人、できてるって噂、ほんとですかね？

ペッテルセン　知るかそんなこと*。

イェンセン　昔はかなりの女たらし*でとおってたんでしょう。

ペッテルセン　まあな。

イェンセン　今日のパーティ*、息子さんのためですってね。

ペッテルセン　そう。息子さん昨日戻った。

イェンセン　ヴェルレの旦那に息子がいたなんてちっとも知りませんでした。

ペッテルセン　いたんだよ、ずっとヘイダルの製材所にな。おれがここで働き出してから帰ってきたことなんか一度もなかったがね。

臨時給仕の一人　（別の部屋へのドアのところで）あのうペッテルセン、じいさんが一人来てるんですが――

ペッテルセン　（ぶつぶつ）ばかな、だれが来たって！

老エクダルが居間の右側から現れる。襟の高い、すり切れた古風な外套を着て、ウールの手袋をしている。手に杖と皮の帽子を持ち、腕に紙でくるんだ包みを抱えている。赤茶けた汚れた鬘*をかぶって、小さな口ひげは白い。

ペッテルセン　（彼に近づき）ちぇっ――なんの用です？

エクダル　（ドアのところで）どうでも事務所に用があるんだよペッテルセン。

ペッテルセン　事務所は一時間前に閉めました。それに――

エクダル　門番に聞いたよおやじさん。*だけどグローベルグがまだいるんでな、そう言わんとペッテルセン、ちょっとそこから入れてくれよ。（壁ドアを指して）前にも入ったことがある。

ペッテルセン　ああ、しょうがないね。（ドアを開けて）帰りはきっといつものドアですよ。いまお客さんなんですから。

エクダル　わかってるわかってる――ふん！　おおきにペッテルセン、おやじさん！　お馴染みさんおおきに。（低くつぶやく）ぼけなす！

彼は事務所に入る。ペッテルセンは、そのあとから閉める。

イェンセン　あのじいさんも事務員？

ペッテルセン　いや、写しを頼んでるだけだ必要なときにね。あれでも、昔は颯爽としてたんだがなあのエクダルじいさん。
イェンセン　へえ、そう言えば、そんな風なところもありますね。
ペッテルセン　うん、ああ見えても陸軍中尉*だった。
イェンセン　まさか！——中尉さんだった！
ペッテルセン　そう。ところが材木かなんかに手を出してな、旦那をとんでもない罠にかけたらしいんだ。その頃二人は一緒にヘイダルの工場をやっててね。いや、おれはよく知ってんだあのじいさん。しょっちゅう行くからなマダム・エリクセン*のとこに、ビターとかバイエルンのビールなんか飲みに。
イェンセン　そんな金あの人にあるんですか。そうは見えませんね。
ペッテルセン　おいおいイェンセン、出すのはこっち、あたりまえだろ。それが落ちぶれ族へのせめてものお情け。
イェンセン　じゃあ破産でも？
ペッテルセン　いや、もっと悪い。砦監獄*入り。
イェンセン　砦監獄！
ペッテルセン　それとも、まあ、ただの刑務所*かな——（聞き耳をたてる）しっ！　連中が出てくる。

食堂へのドアが内側から二人の給仕によって開かれる。セルビー夫人が紳士二人と話しながら出てくる。つづいて二人三人とパーティ客が全員出てくる、その中に豪商ヴェルレもいる。最後にヤルマール・エクダルとグレーゲルス・ヴェルレがつづく。

セルビー夫人　（すれ違いざま下僕に）ペッテルセン、コーヒーは音楽室にお願いね。

ペッテルセン　かしこまりましたセルビーさま。

彼女と二人の紳士が居間に入り、それから右に消える。ペッテルセンと臨時給仕のイェンセンも同じ方向に去る。

太った紳士　（薄毛の紳士に）いやあ——あのディナー——平らげるのに一苦労でした！

薄毛の紳士　まあ、ちょっとその気になれば、三時間でも驚くほど腹に入る。

太った紳士　そう、しかしそのあと、そのあとですよ、侍従*のかたがた！

三番目の紳士　モカとマラスキーノ*、それは音楽室で出すらしい。

太った紳士　ブラヴォー！　多分セルビーさんが一曲弾いてくれるんでしょう。

薄毛の紳士　（抑え声で）われわれを一発ひっぱたくんじゃなきゃね*、あんた。

太った紳士　いや大丈夫。ベルタ*は昔馴染みをないがしろにはしません。

彼らは笑って居間に入る。

ヴェルレ　（低く、沈んだ声で）だれも気づかなかったようだグレーゲルス。
グレーゲルス　（彼を見る）なにを？
ヴェルレ　おまえも気づかなかった？
グレーゲルス　なにに気づかなかったんです？
ヴェルレ　テーブルには十三人いた。*
グレーゲルス　そう？　十三人でした？
ヴェルレ　（ヤルマールをちらっと見て）いつもは十二人なんだが。（ほかの人々に）さあ、楽しくやってくださいよみなさん！

彼とまだ残っていた人々は、ヤルマールとグレーゲルスをおいて、奥の右手に去る。

ヤルマール　（先の会話を聞いていて）おれを招《よ》ぶべきじゃなかったよグレーゲルス。
グレーゲルス　ばかな！　パーティはぼくのためだ。たった一人の親友を招《よ》んでなぜいけない――。
ヤルマール　だけど、お父さんよく思ってらっしゃらないみたい。普段この家に足を踏み入れることなんか全然ないんだからおれは。

グレーゲルス　ああ、そうだってね。だけどぼくはきみと話したかった。またすぐに発つんでね――昔の学校友だちだったのにぼくらずっと別々。会うのは、十六、七年ぶりか。

ヤルマール　そんなになるかな？

グレーゲルス　うん。それでどうしてる？　見たところ元気そうだけど。太ってがっしりしてきた。

ヤルマール　まあ、がっしりとは言えないかもしれないが、あの頃よりは男らしくなった*かな。

グレーゲルス　そうだね、見たところは、なかなかのもんだ。

ヤルマール　（憂鬱な調子で）しかし中身だよきみ！　見かけとはまるで違う！　あれ以来、次々とひどい不幸の連続、知ってるだろう。

グレーゲルス　（より低く）お父さん、いまどうしてらっしゃる？

ヤルマール　きみね、その話はやめよう。運が悪かった哀れな親父はもちろんおれと一緒だ。頼れるものはほかにだれもいないんだから。でも、この話になるとおれは胸がつぶれそうになる。――それより、きみの方はどうだ。山の工場でどうしてた？

グレーゲルス　静かな独り暮らし――あれこれと瞑想にふける時間はたっぷりあった。――こっちに来ないか、楽にしてくれ。

彼は暖炉近くの肘かけ椅子に座り、そばの椅子にヤルマールを座らせる。

ヤルマール　（感情込めて）でも、ほんとうにありがとうグレーゲルス、お父さんのパーティに招《よ》んでくれて。きみはもう、おれのことを悪く思ってないとよくわかった。
グレーゲルス　（驚いて）きみのことを悪く思う？　どうしてそんなこと。
ヤルマール　だって、初めの頃はそうだっただろ。
グレーゲルス　初めって、いつ？
ヤルマール　あの不幸な出来事のあと。そりゃ無理もないよ。きみのお父さんまでがあの——恐ろしい事件に危うく巻き込まれるところだったんだから！
グレーゲルス　それできみのことを悪く思うのか？　だれがそんなこと吹き込んだんだ？
ヤルマール　いや、わかってるよグレーゲルス。きみのお父さんが教えてくださったんだから。
グレーゲルス　（びっくりして）親父が！　そんなこと、ふむ。——それでなのか一度も手紙をくれなかったのは——ただの一度も？
ヤルマール　うん。
グレーゲルス　写真屋を始めたときでさえ。
ヤルマール　お父さんが、そんなこと、なにも書くまではないとおっしゃった。
グレーゲルス　（空《くう》を見つめて）いやいや、おそらく親父の言うとおりだろう。——それでヤルマール、いまの仕事には満足してるのか？

ヤルマール　（ちょっとため息をついて）ああむろんだ。満足してないなんて言えないよ。そりゃあ、初めはちょっと落ち着かなかった、わかるだろ。まわりの様子がすっかり変わってしまったんだから。なにもかも変わった。親父を破滅させたあの不幸――恥と不名誉、グレーゲルス。

グレーゲルス　（心を動かされ）うんうん。

ヤルマール　大学をつづけるなんて考えられなかった、そんな余裕これっぽっちもなかったから。それどころかひどい借金だ、まあ、きみのお父さんにだけど――

グレーゲルス　ふむ――

ヤルマール　だからひと思いに――昔のつながりとか生活とはおさらばするのがいちばんだと思った。きみのお父さんのご忠告もあったし。いろいろと助けてくださった――

グレーゲルス　親父が、助けた？

ヤルマール　そう、もちろん知ってるだろ？　写真技術を習ったりアトリエを開いたりする金をどうやって工面できる？　かなりの費用だよ。

グレーゲルス　それをみんな親父が出した？

ヤルマール　そうだよ、知らなかった？　お父さんが手紙に書かれたとばかり思ってた。

グレーゲルス　親父が出したとは一言も。きっと忘れたんだろう。手紙には仕事のことしか書かないから。そうか、親父がね――！

ヤルマール　そうなんだ、人には知られないようになさったけど、お父さんだったんだ。それにおれの結婚もお父さんのお蔭だし。なんだ——それも知らなかった？

グレーゲルス　いや、全然——（彼の腕をとって）いやあヤルマール、こんなことってすごく嬉しい——だけどつらい気もする。もしかしてぼくは親父のことを思い違いしてたのかもしれない——ある面では。だって親父にも思いやりの気持ちがあるってことだろ。ある種の良心というか—

ヤルマール　良心——？

グレーゲルス　うんうん、まあ、なんと言ってもいいけど。いや、親父がそんなことしてたなんて、すごく嬉しい。——そうか、それで結婚したのかヤルマール。ぼくにはとても考えられないことだな。それできみは幸せなんだろうね？

ヤルマール　ああもちろんだ。家内はほんとによくやってくれてる、申し分ない。それにまったく無学ってわけでもないんだ。

グレーゲルス　（やや怪訝そうに）いや、そりゃそうだろう。

ヤルマール　うん、門前の小僧ってやつか、毎日おれと一緒にいればね——それになかなか学のある住人が二人いてね、しょっちゅううちに来る。きっと会ってもギーナとわからないと思うよ。

グレーゲルス　ギーナ？

ヤルマール　そうだよきみ、ギーナといってたの覚えてるだろ？

グレーゲルス　だれがギーナだって？　全然――

ヤルマール　しばらくここで働いてた、覚えてない？

グレーゲルス　（彼を見つめ）ギーナ・ハンセンのこと――？

ヤルマール　そうだよ、ギーナ・ハンセンだよもちろん。

グレーゲルス　――病気だったおふくろの最後の年、うちで手伝ってた？

ヤルマール　そう。だけどきみ、おれの結婚のことはお父さんも手紙に書かれたと思うけど。

グレーゲルス　（立ち上がっている）うん、手紙には。そんなこと――（行き来する）そうだ、そういえば――思い出した。親父の手紙はいつも短いから。（椅子の腕に半ば座って）ねえ、どうなんだヤルマール――こいつは面白い*――きみはどうやってギーナと――その、きみの奥さんと知り合った？

ヤルマール　簡単だよ。ギーナはこの家に長くはいなかった、あの頃いろんなごたごたがあって、きみのお母さんのご病気のこともあったし――ギーナは我慢できなくなってここを出てった。お母さんの亡くなられる前の年か――同じ年だったか。

グレーゲルス　同じ年だ。その頃、ぼくはもう山の工場に行ってた。それで、それからあとは？

ヤルマール　うん、それでギーナは母親のハンセンさんと一緒に暮らしてた。母親というのは、なかなかのしっかりもんでね、大した働き手、小さな食べもの屋をやってて、そこ

ヤルマール　に貸部屋が一つあった、こざっぱりした感じのいい部屋。

グレーゲルス　それをうまい具合にきみが借りたってわけか？

ヤルマール　そう、そこを教えてくださったのも、きみのお父さんだ。それで――まあ――ギーナと知り合ったってわけ。

グレーゲルス　そうして一緒になった？

ヤルマール　うん、若い二人、好きになるのは簡単だ――ふむ――

グレーゲルス　（立ち上がり、少し歩きまわる）ねえ――きみが婚約したとき――そのときだったのか親父がきみに――つまり――そのとき、きみは写真屋になると決めたのか？

ヤルマール　そうだよ。できるだけ早く落ち着きたかったし、きみのお父さんも、自立するには写真屋がいちばん手っ取り早いと言われて。それにはギーナも賛成した。ま、わけもある、というのも、うまい具合に、ギーナは写真の修整技術を習ってた。

グレーゲルス　それはそれは、おあつらえ向きだったたね。

ヤルマール　（満足気に立ち上がって）うん、そう思うだろ？　まったくおあつらえ向きってことだよね？

グレーゲルス　そう思う、まるで親父は天の使いだ。

ヤルマール　（感動して）あの方は、昔の友人の息子が困っているのを黙って見ているようなおかたじゃない。思いやりの深いかただよきみ。

セルビー夫人　（豪商ヴェルレの腕をとって入ってくる）もうお話は控えましょう旦那さま。あんな明るいところにあれ以上いらしてはだめ。目によくありません。

ヴェルレ　（彼女の腕をはずして手で目をこする）あなたの言うとおりらしい。

ペッテルセンと給仕のイェンセンが盆を持って入ってくる。

セルビー夫人　（別の部屋の客たちに向かって）どうぞみなさん、パンチ*のお好きなかたはこちらにどうぞ。

太った紳士　（セルビー夫人に近づき）だけどいったい、ほんとうなんですか、あなたがありがたい喫煙の自由を奪ったというのは？

セルビー夫人　ええ、旦那さまのおられるところでは禁じられております侍従さま。

薄毛の紳士　その厳しい禁煙法はいつ制定されたんですセルビーさん？

セルビー夫人　先ほどのディナー・パーティのあとですよ侍従さま。だれかさんたちは度を過ぎてましたから。

薄毛の紳士　でも、ちっとくらいは、はみ出てもいいんじゃないのベルタさん？　ほんとうに全然だめ？

セルビー夫人　全然だめでございますバッレ侍従さま。

大部分の客は豪商の部屋に集まる。召使たちはパンチを勧めてまわる。

ヴェルレ　（テーブルのそばにいるヤルマールに）熱心になにを見ているんだねエクダル君？

ヤルマール　ただのアルバムですお大尽。

薄毛の紳士　（あたりを歩いていたが）ははあ、写真屋さん！　そう、ぴったりだ。

太った紳士　（肘かけ椅子で）あなたの撮ったものを、なにか持ってこなかったのかね？

ヤルマール　いいえ、持ってきませんでした。

太った紳士　持ってくればよかったのに。写真を見るのは消化にいい。

薄毛の紳士　それに、ちょっとした気晴らしにもなる。

近目の紳士　そしてみんなから感謝される。

セルビー夫人　侍従さまがたのおっしゃるのはねエクダルさん、ディナー・パーティに招《よ》ばれたら、それなりのお返しはしなくちゃということ*なの。

太った紳士　それも、あんな豪華なディナーに招かれれば、喜んでということでね。

薄毛の紳士　いやまったく、生きるための闘いともなれば——

セルビー夫人　おっしゃるとおり！

彼らは笑いと冗談ごとをつづける。

グレーゲルス　（低く）なにか言ってやれよヤルマール。

ヤルマール　（苦しそうに）ぼくになにが言える。

太った紳士　お大尽、トカイ・ワイン*はお腹《なか》にいい、そう思いませんか？

ヴェルレ　（暖炉のそばで）少なくとも、今日差し上げたものは保証します。あれは——極上の当り年ものなんです。ええ、おわかりでしょうがね。

太った紳士　いや、実に素晴らしい味でした。

ヤルマール　（確信なく）年によって違いがあるんですか？

太った紳士　（笑う）いや、こいつはいい！

ヴェルレ　（微笑んで）きみには、とび切りのぶどう酒も猫に小判だ。

薄毛の紳士　トカイ・ワインも写真と同じでねエクダル君、日光に関係がある。違うかね？

ヤルマール　ええ、もちろん光によります。

セルビー夫人　それはまさしく侍従さまがたもおんなじ。みなさまは日の光をいただくことがとても大事、そう申してますね。

薄毛の紳士　ひどいひどい。古い皮肉なんかもち出して——

近目の紳士　才気のあるところをお見せになる——

太った紳士　――われわれをだしにして。（脅す）ベルタさんベルタさん！

セルビー夫人　ええ、でもほんとうでしょう、熟成の具合によってずいぶんと違ってきます。古ければ古いほど、およろしい。

近目の紳士　わたしも熟成した部類に入りますか。

セルビー夫人　とんでもございません！

薄毛の紳士　当然だ！　でも、わたしはどうです可愛いセルビーさん――？

太った紳士　それからわたしは！　どのくらいの古さですかね？

セルビー夫人　まあ、甘酒の古さというところでしょうかみなさま。

彼女はパンチを飲む。侍従たちは笑い声を立てながら彼女と戯れる。

ヴェルレ　セルビーさんは、抜け道を見つけるのがうまい――その気になればなんとでも。さあ、飲んでくださいよみなさん！――ペッテルセン、給仕をな――！　グレーゲルス、乾杯しよう。（グレーゲルスは動かない）きみはどうだねエクダル君？　食事のときはおかまいもできなかったが。

書記のグローベルグが壁ドアから入ってくる。

グローベルグ　申し訳ございませんが旦那さま、出口を閉められてしまいましたので。
ヴェルレ　ああ、また閉じ込められたのか？
グローベルグ　はい、フラックスタがカギを持って帰ってしまいまして——
ヴェルレ　さっさと通れ。
グローベルグ　それで、もう一人おりますのですが——
ヴェルレ　いいから、二人ともさっさと行け。

グローベルグと老エクダルが事務所から出てくる。

ヴェルレ　（思わず）なんだ！

客たちの笑いと話が止まる。ヤルマールは父を見て驚き、グラスをおいて暖炉の方へ身を避ける。

エクダル　（目を上げず、しかし通りながら、あたりに小さく頭をさげてつぶやく）ごめんなさいまし。出口が違っておりますが、出口を閉められてしまいまして——出口を閉められまして。ごめんなさいまし。

彼とグローベルグは奥の右手に去る。

ヴェルレ　（歯嚙みして）グローベルグのばかもん！
グレーゲルス　（茫然とし、ヤルマールを凝視して）あれはまさか――！
太った紳士　どうしたんですいったい？　なにものです？
グレーゲルス　いや、なんでもありません。ただの書記ともう一人。
近目の紳士　（ヤルマールに）あの男ご存じ？
ヤルマール　さあどうだか――気がつきませんでしたが*――
太った紳士　（立ち上がって）いったいぜんたい、なんなんです？

彼は低く話しているほかのもののところに行く。

セルビー夫人　（下僕にささやく）おじいさんになにか持たせてあげなさい。なにかいいものを。
ペッテルセン　（うなずく）かしこまりました。（去る）
グレーゲルス　（震えながら、ヤルマールに低く）ほんとに、あれがあの人？

ヤルマール　うん。
グレーゲルス　それなのに、きみはそこにいて知らないふりをした＊！
ヤルマール　（強くささやく）でもどうすればいい――！
グレーゲルス　――父親を認めるかどうか？
ヤルマール　（苦しく）ああ、きみもおれの立場だったら、そしたら――

低い声だった客たちの話し声は、いま、強いて高くなる。

薄毛の紳士　（ヤルマールとグレーゲルスに馴れ馴れしく近寄って）ははん、学生時代の旧交を温めているんですね？　ええ？　タバコはどうかねエクダル君？　火をどう？　そうだ、だめなんだった――。
ヤルマール　どうも、不調法でして――
太った紳士　ひとつ、短くて美しい詩を朗誦してくれませんかエクダルさん？　以前はきみ、とてもうまかった。
ヤルマール　申し訳ありません、みんな忘れてしまいました。
太った紳士　そりゃ惜しい。じゃあ、なにをしましょうかバッレさん？

二人は別の部屋に去る。

ヤルマール　（ふさぎ込んで）グレーゲルスおれはもう帰る！　運命の手痛い一撃を頭に食らったものは、わかるだろう――。お父さんによろしく言ってくれ。

グレーゲルス　ああ、まっすぐ家に戻るのか？

ヤルマール　うん。どうして？

グレーゲルス　まあ、あとできみのところを訪ねるかもしれない。

ヤルマール　いや、来ないでくれ。うちになんか。ひどい住まいなんだからグレーゲルス、――こともあろうに、こんな豪勢なパーティのあとじゃ。いつだって町のどこかで会える。

セルビー夫人　（近づき、抑えた声で）お帰りなのエクダル*？

ヤルマール　ええ。

セルビー夫人　ギーナによろしくね。

ヤルマール　ありがとう。

セルビー夫人　二、三日うちに会いに行くと伝えてちょうだい。

ヤルマール　ええ、どうも、（グレーゲルスに）いや、そのままで。わからないように消えるから。

別の部屋に入り右手に去る。

セルビー夫人　（戻ってきた下僕に、低く）ねえ、おじいさんになに持たせた？
ペッテルセン　はい、コニャックを一本。
セルビー夫人　まあ、もっといいものにすればよかったのに。
ペッテルセン　いいえセルビーさま、あのじいさんにはコニャックがいちばんなんです。
太った紳士　（手に楽譜を持ち、ドアのところで）ちょっと、一緒に弾きませんかセルビーさん？
セルビー夫人　ええ、いいですよ、弾きましょう。
客たち　ブラヴォーブラヴォー！

彼女と客たちは居間を通って右手に去る。グレーゲルスは暖炉のそばに立つ。豪商ヴェルレは書き机の上のなにかを探して、グレーゲルスが去るのを待っているように見える。彼が動かないので、ヴェルレは出口のドアの方に行く。

グレーゲルス　お父さん、ちょっと待ってくれませんか？
ヴェルレ　（止まる）なんだ？
グレーゲルス　少し話があるんです。
ヴェルレ　客が帰るまで待てないのか？

グレーゲルス　ええ、待てないんです。二人きりになるなんてことは多分ないでしょうから。
ヴェルレ　（近づく）どういうことだ？

以下の会話中、音楽室からピアノの音が遠く聞こえている。

グレーゲルス　どうして、あの家族を、あんなみじめな有様にしておけたんです？
ヴェルレ　エクダルの家のことらしいな、おまえが言っているのは。
グレーゲルス　ええ、エクダル一家のことです。エクダル中尉は、昔お父さんの親友だった。
ヴェルレ　ああ、不幸にして親しすぎた。お蔭で長い間、その報いを払わされた。おれの名前と名誉に傷がついたのはあの男のせいだ。
グレーゲルス　（低く）罪があったのは、ほんとうにあの人だけ？
ヴェルレ　ほかにだれがいたというんだ？
グレーゲルス　莫大な山林買収については、あの人とお父さんが一緒になって――
ヴェルレ　しかし、土地の図面を引いたのはエクダルだ――間違った図面を。だから国有林伐採*の違法を犯した、一切をしきっていてな。エクダル中尉がなにをやっていたか、おれは全然知らなかった。
グレーゲルス　エクダル中尉は、自分でもなにをしているか全然わかっていなかった。

ヴェルレ　そうかもしれない。だがやつは有罪で、おれは無罪。それが事実だ。

グレーゲルス　ええ、なんの証拠もなかったことをぼくは知っています。

ヴェルレ　無罪は無罪だ。おまえはどうして昔の不愉快な事件をもち出す？　あのお蔭で、おれは髪がいっぺんに白くなった。おまえは山で、ずっとそんなことを考えていたのか？　はっきり言っておくグレーゲルス、この町ではあの話はとっくに忘れられてる——少なくともおれに関するかぎり。

グレーゲルス　でも不幸なエクダルの家族は！

ヴェルレ　いったい連中になにをしろというんだ？　エクダルは、釈放されたとき*完全なふぬけになっていた。どうしようもないふぬけに。世の中には、二、三発弾を受けただけで、沼の底まで沈んで二度と浮かんでこれないというやつらがいる。いいかグレーゲルス。おれはできるだけのことはした。世間の疑惑や噂がまだ消えていないときにな——

グレーゲルス　ぎわく？——なるほどね。

ヴェルレ　おれはエクダルに事務所の筆耕をやらせてる。しかも、普通よりはずっと多く払って——

グレーゲルス　（彼を見ずに）ふん、それはそうでしょうね。

ヴェルレ　笑うのか？　おれを信用してないんだな？　やつへの払いは帳簿にもつけていない。

そういう出費はつけないことにしている。

グレーゲルス　（短く笑って）ええ、つけない方がいい出費もある。

ヴェルレ　（びくっとして）どういう意味だそれは？

グレーゲルス　（勇気を奮い）お父さんは、ヤルマールに写真を習わせるための出費も帳簿につけましたか？

ヴェルレ　おれが？　どうしてそれを帳簿に？

グレーゲルス　その金がお父さんから出たことは知っています。ヤルマールを仕事につけるようにしたのもお父さんだとわかっています。

ヴェルレ　それでもまだ、エクダル一家になにもしてないと言うのか！　言っとくがな、やつらには相当の金を出している。

グレーゲルス　そういうお金はどうですか？　帳簿につけてますか？

ヴェルレ　どうしてそんなことを聞く？

グレーゲルス　わけがあるんです。ねえ、どうなんです、――ちょうどその頃でしょ、お父さんが昔の友人の息子の面倒を見てやってたのは――まさしくその頃でしょ、ヤルマールが結婚したのは？

ヴェルレ　ああ、いったい――そんな大昔のこと、覚えてたりするもんか――？

グレーゲルス　あのとき、ぼくに手紙をくれましたね――仕事の手紙ですもちろん。でもそこに追伸として、ほんの短く、ヤルマール・エクダルがハンセン嬢と結婚したと書いてあった。

ヴェルレ　ああ、そうだった、そういう名前だった。

グレーゲルス　でも、そのハンセン嬢が――昔うちにいたお手伝いのギーナ・ハンセンだとは一言も書いてなかった。

ヴェルレ　（からかうように、しかし無理に笑う）おやおや、おまえがあの手伝い女に気があったとは知らなかった。

グレーゲルス　ぼくじゃない。でも――（声を落として）この家には、ことさらあの女に気のあったものがほかにいましたね。

ヴェルレ　どういう意味だ？（彼に怒声で）おれのことを言ってるのかおまえは！

グレーゲルス　（低く、しかししっかりと）ええ、お父さんのことです。

ヴェルレ　なにを言うか――！　よくもぬけぬけと――！　あの写真屋の恩知らずめ――、そんな言いがかりをよくも言えたもんだ！

グレーゲルス　ヤルマールはなにも言ってません。なにも気づいてもいないと思う。

ヴェルレ　じゃ、どこから聞いた？　だれがそんなことを言ってた？

グレーゲルス　かわいそうなお母さんです。最後に会ったとき。

ヴェルレ　おまえのおふくろ！　そうか、ありそうなことだ。あれとおまえは――いつもくっついてた。あれは初めから、おまえをおれに逆らうように仕向けてた。

グレーゲルス　いいえ、お母さんが耐え忍んでいた苦しみのせいです。お母さんは、どうすることもできずに、ひどい体になってしまった。

ヴェルルレ　ああ、苦しみなんてなにもなかった。少なくともほかの女以上にはな！　しかし、病的なヒステリー*ってやつはどうにもならない。つくづくそう思う――それに、おまえまでがそんなことを疑ってるとは――実の父親に対してあることないこと、古い話とか人の噂を信じて。なあグレーゲルス、その年では、、もうちっとましなことができそうなものだがね。

グレーゲルス　ええ、たしかにその潮時ですね。

ヴェルルレ　そうすればおまえの気持ちも、いまより軽くなるんじゃないか？　年じゅう山の製材所にいて、平の事務員の仕事をして、その月給以上とろうとしない。それでどうなる？　まったく馬鹿げてる。

グレーゲルス　ええ、そうはっきりした確信がもてればいいんですがね。

ヴェルルレ　おれにはよくわかる。おまえは独立したいんだ。おれのお蔭をこうむりたくないんだろう。いい機会だ。独立してすべて自分で切り盛りしたらいい。

グレーゲルス　そう？　どうやって？――

ヴェルルレ　すぐに町に来るよう手紙を出したのは――ふむ――

グレーゲルス　ええ、ほんとうのところ、なんの用なんです？　それを聞きたくて一日じゅう待っていた。

ヴェルレ　おまえも会社の経営に参加してもらいたい。

グレーゲルス　ぼくが！　会社の？　共同経営者？

ヴェルレ　そう。なにも、いつも二人が一緒にいる必要はない。おまえは町で会社の面倒を見てくれ、おれは山の工場に移る。

グレーゲルス　お父さんが？

ヴェルレ　うん、見てのとおり、前ほどは働けなくなった。眼も大事にしなくちゃならんしなグレーゲルス、だんだん弱くなってきた。

グレーゲルス　それは前からでしょう。

ヴェルレ　いまほどじゃなかった。それに――いろんな事情からして、おれが山に行く方がいい――とにかく当分は。

グレーゲルス　そんなこと思いもしなかった。

ヴェルレ　なあグレーゲルス、たしかにおれたち二人の仲を隔てるものは、あれこれと多い。しかしなんと言っても、やはり父と子だ。お互い、それなりの理解はできるんじゃないか。

グレーゲルス　外面だけでも？

ヴェルレ　まあ、それだっていい。どうかなグレーゲルス。できるとは思わないか？　ええ？
グレーゲルス　（冷たい目つきで眺め）裏になにかありますね。
ヴェルレ　どういうことだ？
グレーゲルス　なにか、ぼくを利用しようとしてるに違いない。
ヴェルレ　家族なら、いつだって互いの役に立ちたいと思うだろう。
グレーゲルス　ええ、そう言いますね。
ヴェルレ　しばらく家にいてくれ。おれは孤独なんだグレーゲルス。いつだって孤独だった――これまでもずっと。年を感じ出してからというものな、だれかにそばにいてもらいたいんだ――
グレーゲルス　セルビーさんがいるでしょう。
ヴェルレ　たしかに。かけがえのない人だ、そう言ってもいい。賢くて、落ち着いていて、家じゅうを陽気にしてくれる――おれにはそれが必要だ。
グレーゲルス　そうですね、じゃお望みどおりでしょ。
ヴェルレ　そう、しかし長くはつづかないんじゃないかな、それが心配なんだ。ああいう立場の女性は、世間がすぐに変な目で見始める。ああ、それは男にとってもいいことじゃない、そう言える。
グレーゲルス　いいえ、こういうパーティを開いていれば、かなりのことは抑えられるでしょう。

ヴェルレ　しかし彼女の方はどうかなグレーゲルス？　いつまでもこんなありかたに我慢していないんじゃないか、もしおれへの愛着から、世間の噂なんかに耳をかさないとしてもな――どうかなグレーゲルス、おまえの厳しい正義感からして――

グレーゲルス　はっきり言ってください。あの人と結婚するつもりですか？

ヴェルレ　そういうつもりなら？　どうだね？

グレーゲルス　ええ、ぼくもおたずねします。どうなんです？

ヴェルレ　どうしても我慢できないか？

グレーゲルス　いいえ、とんでもない。そんなことは全然。

ヴェルレ　いや、死んだ母親の思い出からして、その、なにかと思って――

グレーゲルス　ぼくはそんなヒステリーじゃない。

ヴェルレ　そうか。まあ、なんだろうと、胸の重荷を一つ除いてくれた。おまえが同意してくれるとわかってすごく嬉しい。

グレーゲルス　（じっと彼を見つづけて）なるほど、ぼくをなにに利用したいかやっとわかりました。

ヴェルレ　利用する？　なんて言いかただ！

グレーゲルス　言いかたなんかどうだっていいでしょう――少なくとも二人きりのときは。（短く笑う）そういうことか、畜生、ぼくが町に戻ってくることが必要だったそれが理由か。セルビーさんのために親子再会をもくろんだってわけか。父と子のご対面！

ヴェルレ　なんとも麗しい光景！

グレーゲルス　よくそんな言いかたができたもんだ！　これまで家族がそろうなんてことがありましたか？　思い出すかぎり一度もなかった。しかしいまは、ちっとばかりそれが必要なんでしょう。年老いた父親の結婚式のために息子が――嬉し涙で――馳せ参じた、なんともいい話。かわいそうに、亡くなった人を苦しめていた噂話はどうなる？　見事に消えてしまう。息子が全部追い払ってくれる。

ヴェルレ　グレーゲルス、おまえにはおれほど憎いものはこの世にいないようだな。

グレーゲルス　（静かに）ぼくはお父さんを近くで見ていたから。

ヴェルレ　おまえは、おふくろの目でおれを見ていた。（やや声を落として）しかし忘れるな、あれの目は――ときどき曇っていた。

グレーゲルス　（震えて）お父さんの言ってることはわかってる。だけどお母さんのあの弱さはだれのせいです？　それは、あなたとあのみんな――！　最後はヤルマール・エクダルが一緒になった女、お父さんがもう――ああ！

ヴェルレ　（肩をすくめて）一言一言、おまえの母親の声を聞いているみたいだ。

グレーゲルス　（彼にかまわず）――ヤルマールはいま、子どものように無邪気に、嘘の真っただ中にいる――あんな女と一つ屋根の下にいて、家庭だと思ってるものが偽りを土台にしていることも知らずにいる。（一歩近づき）お父さんの歩いてきた道を振り返ってみると、あたり一面、運命に押しつぶされた人間が散らばってる戦さ場を見る思いがする。

ヴェルレ　おれとおまえの間の溝は深すぎるようだ、そう思えてくる。

グレーゲルス　（気持ちを抑え、お辞儀して）それはぼくもよくわかっています。ですからここを出ていきます。

ヴェルレ　出ていく！　この家から？

グレーゲルス　ええ、やっといま、自分の生きる目的を見つけましたから。

ヴェルレ　目的？　どんな目的だ？

グレーゲルス　聞いても笑うだけでしょう。

ヴェルレ　孤独な人間はそう簡単には笑わないよグレーゲルス。

グレーゲルス　（奥の方を指して）ごらんなさいお父さん——あそこで侍従さんたちが、セルビーさんと目隠し山羊*ごっこをして遊んでいますよ——おやすみなさい。さようなら。

彼は奥から右手に去る。パーティ客の笑いや戯れの言葉が聞こえ、彼等がこちらの部屋に出てくるのが見える。

ヴェルレ　（グレーゲルスの後ろに向かって、軽蔑の口調でつぶやく）はっ――！　かわいそうに
――あれでもヒステリーじゃないと言うのか！

第二幕

ヤルマール・エクダルのアトリエ。* かなり広い部屋だが屋根裏だとわかる。右手に斜めの大きなガラス窓天井があり、青いカーテンは半開きになっている。右手隅の奥に入り口のドア。同じ側の手前に居間に通じるドア。左手壁にも同じように二つのドアがあり、間に鉄製のストーヴ。奥の壁には両側に引くようになっている広い二枚戸がある。アトリエは質素だが気持ちよく飾られている。右手の二つのドアの間、壁から少し離れてソファとテーブル、いくつかの椅子がある。テーブルの上では、覆い付きのランプが燃えている。ストーヴの炉の隅に古い肘かけ椅子。いろんな写真器具や道具が部屋のあちこちにおいてある。奥の引き戸の左手の壁に本棚があり、本や箱や化学薬品の入った壜や、いろんな道具、仕事の器具その他がある。写真や修整ブラシ、紙、等々の細かいものがテーブルの上においてある。

ギーナ・エクダルがテーブルのそばの椅子に座って縫物をしている。ヘドヴィクはソファに座って本を読んでいるが、手で目に陰を作り、親指で耳を押さえている。

ギーナ　（二、三度、彼女の方を心配そうに眺めてから言う）ヘドヴィク！

ヘドヴィクは聞いていない。

ギーナ　（より高く）ヘドヴィク！

ヘドヴィク　（手を離して見上げる）ええ、お母さん？

ギーナ　ねえヘドヴィク、もうそこで読むのはやめなさい。

ヘドヴィク　でもお母さん、もうちっとだめ？　ほんのもうちっとだけ！

ギーナ　だめだめ。本はしまうの。お父さんがいけないって言ってるでしょ。お父さんだって晩には読んだりしない。

ヘドヴィク　（本を閉じる）ええ、お父さん、だいたい本を読まなくなった。

ギーナ　（縫物を脇において、テーブルの上の鉛筆と小さなノートをとる）今日のバターいくらだったか覚えてる？

ヘドヴィク　一クローネ*六十五だった。

ギーナ　そうだ。（記す）ほんとにうちじゃバターをよく使う。*それからソーセージとチーズ――ええと――（記す）それにハム――ふむ――（足して）すぐにこうだ――

ヘドヴィク　それからビールも。

ギーナ　ああ、わかってる。（記す）出費がかさむねえ。でも仕方がない。

ヘドヴィク　でも、今日はお父さんいなかったから、わたしたちのお昼*、ありあわせで済んだ。

ギーナ　そう、助かったよ。それに、写真で八クローネ五十入ったし。

ヘドヴィク　まあ――そんなに！

ギーナ　かっきり八クローネ五十。

沈黙。ギーナは再び縫物をとる。ヘドヴィクは鉛筆と紙を持ってなにか描いている。左手で目に陰を作って。

ヘドヴィク　お父さん、ヴェルレの大旦那さんのすごいパーティに招《よ》ばれたなんて、考えただけで浮き浮きしてこない？

ギーナ　大旦那さんじゃない。招《よ》んでくだすったのは息子さんの方。（ややあって）わたしたちは大旦那さんとはなんのかかわりもない。

ヘドヴィク　お父さんが帰ってくるのすごく楽しみ。セルビーさんからなにかいいものもらってくるって約束したんだもん。

ギーナ　ああ、あそこにはいいものがいっぱいあるから。

ヘドヴィク　（描きつづけて）それにわたし、お腹《なか》もちっと空いてきたみたい。

老エクダルが腕に紙包みを抱え、オーバーのポケットに別の包みを入れて、入り口のドアから入ってくる。

ギーナ　おじいさん、今日は遅かったですね。
エクダル　事務所が閉っててな。グローベルグと待ってなくちゃならなかった。まあ、出てはきたんだが――ふむ。
ヘドヴィク　新しい仕事もらってきたのおじいさん？
エクダル　こんなに全部だ。見ろ。
ギーナ　よかったですね。
ヘドヴィク　それに、ポケットにも包みが。
エクダル　ええ？　ばかな、こりゃなんでもない。（杖を隅におく）今度の仕事は長くかかりそうだギーナ。（奥の戸の一方を少し開けて）しっ！（しばらく中をのぞいていて、また注意深く戸を閉める）へっ、へっ！　みんな一緒になって寝てるよ。あいつも籠ん中で横になってる。へっ、へっ！
ヘドヴィク　籠ん中で寒くないかなおじいさん？

エクダル　なに言ってる！　寒い？　藁にうずくまってて？（左手奥のドアの方に行く）マッチあるかな？

ギーナ　マッチは棚の上。

老エクダルは自分の部屋*に去る。

ヘドヴィク　おじいさん、また仕事もらえてほんとによかった。

ギーナ　ああ、かわいそうに、おじいさん、ああやっていくらかお小遣いになる。

ヘドヴィク　それに、朝からあの嫌なマダム・エリクセンの飲み屋に行かなくて済むし。

ギーナ　そうだね。

短い沈黙。

ヘドヴィク　まだみんなテーブルについてると思う？

ギーナ　どうだろ、そうかもね。

ヘドヴィク　お父さん、おいしいもの食べてるなんて！　帰るとご機嫌よきっと。そう思わないお母さん？

ギーナ　思うよ。でも部屋の間借り人が見つかったと言えるといいんだけどね。
ヘドヴィク　そんなの、今晩はいいよ。
ギーナ　いや、よかないよ。部屋を空けといたって、なんの役にも立ちゃしない。
ヘドヴィク　いいえ、わたしが言うのはね、今晩のお父さんどうせいい気持ちになってるから、部屋のことはまた別のときのためにとっておいた方がいいってこと。
ギーナ　（彼女の方を見て）毎晩帰ってきたとき、お父さんの喜ぶ話があるといいと思うの？
ヘドヴィク　ええ、そうすればもっと楽しくなるから。
ギーナ　（ぼんやり、考えて）ああ、それもそうだね。

老エクダルがまた入ってきて、左手前のドアから行こうとする。

ギーナ　（椅子から振り向いて）おじいさん、台所になにかご用？
エクダル　うんそう。まあ、座っていい。（去る）
ギーナ　おじいさん、火おこして、変なことしてるんじゃないだろうね？（少し待って）ヘドヴィク、なにしてるか見てきてごらん。

エクダルがまた入ってくる。湯の入った小さな水さしを持っている。

ヘドヴィク　お湯を沸かしたのおじいさん？
エクダル　ああそうだ。必要なんだよ書くのにな。インクがオートミールみたいにどろどろしてる――ふむ。
ギーナ　でもおじいさん、先に夕飯食べたら。用意できてますよ。
エクダル　夕飯はいらんよギーナ。すごく忙しい。だれもわしの部屋に入れるなよ。だれもな――ふむ。

自分の部屋に入る。ギーナとヘドヴィクは顔を見合わせる。

ギーナ　（低く）おじいさん、どこでお金手に入れたんだと思う？
ヘドヴィク　グローベルグからでしょ、きっと。
ギーナ　そんなはずない。グローベルグは、お金はいつもわたしに渡すよ。
ヘドヴィク　じゃあどこかで、ひと壜ツケで買ってきたのかな。
ギーナ　かわいそうに、おじいさん、どこもツケでは売ってくれないよ。

ヤルマール・エクダルがオーバーを着て、グレイのフェルト帽をかぶり、右手から入ってくる。

ギーナ　（縫物をほうり出し、立ち上がる）あらエクダル＊、もうお帰り！

ヘドヴィク　（同時に、とび上がる）まあ、いま帰ってくるなんてお父さん！

ヤルマール　（帽子をとる）ああ、客は大方帰った。

ヘドヴィク　こんなに早く？

ヤルマール　そう、お昼のパーティだから。（オーバーを脱ごうとする）

ギーナ　脱がせてあげる。

ヘドヴィク　わたしも。

二人は彼から上着を脱がせる。ギーナはそれを後ろの壁にかける。

ヘドヴィク　大勢だったお父さん？

ヤルマール　いや、そんなでもなかった。まあ、テーブルには十二人か――十四人＊いたかな。

ギーナ　それで、みなさんとお話ししたの？

ヤルマール　うん、まあちょっと。だいたいはグレーゲルスがおれを離さなくてね。

ギーナ　あの人、まだひどい顔＊？

ヤルマール　うん、あんまり変わってない。――じいさん戻った?
ヘドヴィク　ええ、部屋で写しものしてる。
ヤルマール　なにか言ってた?
ギーナ　なにも。なにかあったの?
ヤルマール　だれかの名前は――?　グローベルグと一緒だったって聞いたように思うんだが。ちょっと見てみよう。
ギーナ　だめだめ、やめた方がいい――
ヤルマール　どうして?　おれを入れるなと言ったのか?
ギーナ　今晩はだれも入れないんだって――
ヘドヴィク　(合図して) ふん――ふん!
ギーナ　(気づかず) ――お湯を持って入ってった――
ヤルマール　ははあ、やってるのか――?
ギーナ　ええ、そう。
ヤルマール　なんてこと。――白髪頭《しらが》の哀れな親父――!　まあ、好きにさせとこう。

老エクダルが部屋着で、火のついたパイプをくわえ、自分の部屋から出てくる。

エクダル　帰ってたのか？　おまえの声がすると思った。
ヤルマール　たったいま帰ったところ。
エクダル　おまえ、あそこでわしを見かけなかった？
ヤルマール　ええ。でもお父さんが通って行ったっていうんで――後を追ってきたんです。
エクダル　そりゃ優しいなヤルマール。――来てたのはどんなやつらだ？
ヤルマール　まあ、いろんな人たち、フロル侍従にバッレ侍従、カスペルセン侍従――それに、なんとかいう侍従。知らない名前の――
エクダル　(うなずいて)聞いたかギーナ！　こいつが一緒だったのは侍従の連中ばかり。
ギーナ　ええ、あそこはいまじゃとても豪勢なんでしょう。
ヘドヴィク　侍従さんたち、歌うたったお父さん？　それとも朗読かなんか？
ヤルマール　いや、馬鹿話ばっかり。それで、おれに朗誦をやってくれって頼んできたが、断った。
エクダル　断ったっておまえ？
ギーナ　やればよかったのに。
ヤルマール　いいや、そんなぺこぺこしてたまるかってんだ。(部屋をあちこち歩きながら)とにかくおれはやらなかった。
エクダル　いやいや、ヤルマールはそんな男じゃない。

ヤルマール　たまに招《よ》ばれたからって、どうして余興までしなくちゃいけないのか、わからんね。やつら、自分でやりゃあいい。連中は毎日、あっちこっちの家に飲み食いしてまわってる。ご馳走分だけのことは、なにかおやりくださいってもんだ。

ギーナ　でもあんた、そんなこと口には出さなかったでしょうね。

ヤルマール　(ハミングして) ほっ、ほっ、ほ――なにかそんな風のことを言わなかったかな。

エクダル　侍従の連中に！

ヤルマール　かまわんでしょう。(さりげなく) それから、トカイ・ワインについてちょっとした言い合いをやらかした。

エクダル　トカイ・ワインだっておまえ？　あれはいい酒だ。

ヤルマール　(止まる) いい酒になる可能性もある。でもいいですか、毎年毎年よくなるわけじゃない。肝心なのは、ぶどうがどれだけ太陽の光を浴びたかってこと。

ギーナ　まあ、あんたってなんでも知ってるエクダル。

エクダル　それをみんなで言い合ったのか？

ヤルマール　ああだこうだとね。だけどそれは侍従さんがたもおんなじだと言ってやった。あなたがただって年によって出来不出来がある――ってね。

ギーナ　まああんた、なんてことを！

エクダル　へっ、へっ！　それを連中の皿に盛ってやったってわけか？*

ヤルマール　目ん玉めがけて放り込んだってわけですよ。
エクダル　おいギーナ、こいつは侍従たちの目ん玉めがけて放り込んだんだって。
ギーナ　まあなんてこと、目ん玉めがけて。
ヤルマール　だけど、だれにも言うなよ。こんなこと人に言うもんじゃない。和気あいあいだったんだもちろん。気持ちのいい人たちだ、傷つけることなんか、いや、ちっともない！
エクダル　しかし目ん玉めがけて――
ヘドヴィク　（機嫌をとって）燕尾服着てるお父さん、見てて面白い。とっても似合ってる。
ヤルマール　うん、そうだろ？　ぴったりだよ。まるで誂えたみたい――まあちょっと、脇のあたりが狭いかな、脱がせてくれヘドヴィク。（燕尾服を脱ぐ）上っ張りにする。どこにやったギーナ？
ギーナ　ここにある。（上着を持ってきて着せる）
ヤルマール　さあ！　それモールヴィクに返すのを忘れるな、明日の朝すぐに。
ギーナ　（それをしまって）わかった。
ヤルマール　（体を伸ばして）ああ、この方がずっとくつろげる。おれの体には、ゆったりしたラフな普段着のほうがずっと合ってる。そう思わないかヘドヴィク？
ヘドヴィク　思うよお父さん！

ヤルマール　こうやって首にネッカチーフを巻いて、端っこを少し出すとね――こんな風に！　どう？
ヘドヴィク　ええ、口ひげにぴったり、それに大きくちぢれた毛にも。
ヤルマール　ちぢれ毛とは言わない、巻き毛と言う方がいい。
ヘドヴィク　ええ、でも大きなちぢれ毛よ。
ヤルマール　ほんとは巻き毛だ。
ヘドヴィク　（ややあって、ヤルマールの上着を引っ張る）お父さん！
ヤルマール　うん、なんだ？
ヘドヴィク　ああ、わかってるくせに。
ヤルマール　いや、わからないなにも。
ヘドヴィク　（笑って、せかす）わかってるのに、そんなにじらさないでよ！
ヤルマール　いったいなんのこと？
ヘドヴィク　（彼をゆすって）そんなこと言って。出してよお父さん！　いいものもらってくるって約束したでしょ。
ヤルマール　あ――いけない、忘れた！
ヘドヴィク　まあ、からかわないでよお父さん！　いじわるね！　どこにあるの？
ヤルマール　いやほんとに、忘れてた。だけど、そうだ！　ほかにいいものがあるヘドヴィク。

ヘドヴィク　（燕尾服のポケットを探る）
　　ギーナ　（とび上がって手を叩く）ああ、お母さんお母さん！
ヤルマール　ね、待ってればちゃんと――
ヘドヴィク　（紙片を持ってきて）ほら、これだ。
ヤルマール　それ？　ただの紙切れじゃない。
ヘドヴィク　献立だおまえ。全部の献立、ここに《メニュー》と書いてある。献立という意味だ。
ヤルマール　ほかにはなにもないの？
　　忘れたと言っただろ。でもほんと言うとね、大してうまくもないキャンディだったんだ。さあ、テーブルに座って読んでごらん、どんな味か一つ一つ教えてあげる。
　　そうらヘドヴィク。
ヘドヴィク　（涙をのみこんで）ありがとう。
　　彼女は座るが、読まない。ギーナは合図をする。ヤルマールが気づく。
ヤルマール　（行き来して）一家の長であるおれには考えなくちゃならんことが山ほどある。それが、ほんのちっぽけなことを忘れただけで――すぐに渋い顔だ。まあ、それも慣れなくちゃな。（ストーヴのそばの老エクダルのところで止まり）今晩はもう、のぞいて

エクダル　　みたお父さん？

ヤルマール　うん、安心しろ。あれは籠に入ってる。

エクダル　そう、籠ん中！　じゃ、慣れてきたんだあれも。

ヤルマール　そうだよおまえ。わしの言ったとおりだ。だがな、いいか、ちょっとした小さなことだが――

エクダル　改良でしょ、ええ。

ヤルマール　どうでもやらなくちゃなおまえ。

エクダル　ええ、その改良のこと、少し相談しましょうお父さん。こっちに来て、ソファに座りませんか。

まあな！　ふむ、まずパイプを詰めてと――掃除もしなくちゃ、ふむ。

彼は自分の部屋に入る。

ギーナ　（ヤルマールに微笑んで）パイプの掃除だってあんた。

ヤルマール　いやいやギーナ、やらせとこう――。かわいそうなぼけ老人――改良にかかるのは――明日でいい。

ギーナ　明日はそんな暇ないよエクダル！

ヘドヴィク　（口を出す）いいえ、あるよお母さん！
ギーナ　――だって、写真の修整があるだろ。まだかまだかってせっつかれてる。
ヤルマール　そうら、また写真とくるか？　あんなものすぐに終わる。ほかにも注文はあったのか？
ギーナ　いやなんにも。あしたはポットレット*が二つあるだけ、知ってるだろ。
ヤルマール　それだけ？　いやまったくな、本気でやらなくちゃ――
ギーナ　でも、どうすればいい？　新聞にはできるだけの広告を出してる。
ヤルマール　ああ、新聞新聞。そんなものなんの役に立つ。それで、部屋を見に来たものはいないのか？
ギーナ　ええ、まだいない。
ヤルマール　待ってるだけじゃな。気を入れないと――一所懸命にならなくちゃギーナ。
ヘドヴィク　（彼のところに行く）フルート持ってこようかお父さん？
ヤルマール　いやフルートはいらない。おれはこの世の喜びなんか必要じゃない。（歩きまわる）おれは明日から本気で働く。ほんとうだ。力のつづくかぎり働く。
ギーナ　でもエクダル、そんなつもりで言ったんじゃないよ。
ヘドヴィク　お父さん、ビール持ってこようか？
ヤルマール　いや、いらない。なにも必要じゃない――（止まる）ビール？――　おまえ、ビールと言ったのか？
ヘドヴィク　そうよお父さん。おいしいビール。
ヤルマール　まあ、おまえがそうしたいんなら、一本持ってきていい。
ギーナ　ああ持っといで。それで、楽しくやろう。

ヘドヴィクは台所ドアの方に走っていく。

ヤルマール　（ストーヴのところでヘドヴィクをとめて彼女を眺め、彼女の頭を抱えて自分に引き寄せる）ヘドヴィク！　ヘドヴィク！
ヘドヴィク　（嬉し涙で）ああ、優しいお父さん！
ヤルマール　いや、そんな風に言ってくれるな。お父さんはあんな贅沢なテーブルに座って――山盛りの料理を口にしながら――！　それなのに――！
ギーナ　（テーブルに座り）ああ、そんなことエクダル。
ヤルマール　いやいや！　だがなおまえたち、そう責めてくれるな。なんといってもおれはおまえたちを愛している、わかってるだろ。
ヘドヴィク　（彼に抱きつき）わたしたちも、口に言えないくらい愛してるお父さん！
ヤルマール　ときには無理を言うこともあるかもしれない、だが――ほんとに――おれは苦しみに苦しみぬいてきた男*だということを忘れないでくれ。さあ！（涙をぬぐって）こんなときビールでもないだろ。フルートをとってくれ。

ヘドヴィクは本棚にかけより、フルートを持ってくる。

ヤルマール　ありがとう！　こうして、そう。手にはフルート、まわりにはおまえたち二人——ああ！

ヘドヴィクはギーナとともにテーブルに座る。ヤルマールは行き来しながら、ふっと息を吹き、ボヘミアン・ダンスの曲*を奏でる。ゆったりしたエレジー風のテンポで感情込めて。

ヤルマール　（曲を中断し、ギーナを左手で抱いて、感動の面持ちで言う）——ここは狭くて貧しいかもしれないギーナ。それでも、これはわが家だ。だからおれは言おう、ここにこうしておまえたちと一緒にいるのは素晴らしいことだ*。

彼はまた吹き始める、途端に入り口にノックの音。

ギーナ　（立って）しっエクダル、――だれか来たみたい。

ヤルマール　（フルートを棚において）そうら、こうだ。

ギーナが行ってドアを開ける。

グレーゲルス・ヴェルレ　（入り口の外で）ごめんください――

ギーナ　（ややたじろいで）ああ！

グレーゲルス　――こちらは写真屋のエクダルさんのお宅でしょうか？

ギーナ　ええ、そうですが。

ヤルマール　（ドアのところに行き）グレーゲルス！　きみかやっぱり？　まあ、入ってくれ。

グレーゲルス　（入る）あとで訪ねると言っただろ。

ヤルマール　しかし今晩とはね――？　パーティは抜けてきたのか？

グレーゲルス　パーティも家も。――こんばんは奥さん。ぼくがわかりますか、どうです？

ギーナ　もちろん。ヴェルレの若旦那さま*でしょ、すぐにわかります。

グレーゲルス　ええ、ぼくは母に似てますから。*母はもちろん覚えてらっしゃるでしょ。

ヤルマール　きみ、家を出たって言った？

グレーゲルス　そう。ホテルに移った。

ヤルマール　そうなのか。まあ、来たんだから、オーバーを脱いで座ってくれ。

グレーゲルス　ありがとう。（オーバーを脱ぐ。新しく着ているのは、田舎仕立ての質素な灰色の服。）

ヤルマール　ここのソファで。楽にしてくれ。

グレーゲルスはソファに座る。ヤルマールはテーブルのそばの椅子に座る。

グレーゲルス　（あたりを見て）ここがきみの家かヤルマール。ここに住んでるわけだ。

ヤルマール　ここはアトリエでね、見てのとおり――

ギーナ　でも、ここがいちばんゆったりしているもので、いつもここでくつろいでるんです。

ヤルマール　前はもっといいところに住んでたんだが、でもここにも一ついいことがあってね、奥にちょっとした広いところ*がある――

ギーナ　それから、入り口の反対側にも、もう一つ部屋があるんです。貸部屋にしてます。

グレーゲルス　（ヤルマールに）おやおや――下宿人までおいてるのか。

ヤルマール　いや、まだだがね。そう簡単には見つからないよ。一所懸命探さないとね。（ヘドヴィクに）そう、ビールをなおまえ。

ヘドヴィクはうなずいて台所に去る。

グレーゲルス　じゃ、あれがお嬢さん？
ヤルマール　そう、ヘドヴィク。
グレーゲルス　お子さんは一人だけ？
ヤルマール　そう、一人だけ。あの子はおれたちの宝、そして――（声をひそめ）この上ない悲しみのタネでもあるんだグレーゲルス。
グレーゲルス　どういうこと！
ヤルマール　ああ、きみ、あの子はいまに目が見えなくなる、その恐れがある。
グレーゲルス　目が見えない！
ヤルマール　そう。まだ兆候だけで、しばらくは大丈夫なんだが。でも医者ははっきり言ってる。治る見込みはないって。
グレーゲルス　なんて悲しい。どうしてそんなことになったんだ？
ヤルマール　遺伝だよ、おそらく。
グレーゲルス　（おどろいて）遺伝？
ギーナ　エクダルの母親も、目が弱かったんです。
ヤルマール　そう、親父がそう言ってる。おれは覚えてないんだが。

グレーゲルス　かわいそうに、あの子はなんて？

ヤルマール　ああ、そんなこと、あの子には言えないよ、わかるだろ。ちっとも気づいてない。陽気で潑溂と、小鳥みたいにさえずってる。それがやがて永遠の闇に沈むかと思うと。（感情が高まって）ああ、おれはたまらない、つらいよグレーゲルス。

ヘドヴィクがビールとグラスをのせた盆を持ってきて、テーブルの上におく。

ヤルマール　ありがとうありがとうヘドヴィク。

ヘドヴィクは彼の首に腕をまわし、耳にささやく。

ヤルマール　いや、いまはサンドイッチ*はいい。（向こうを向き）そうだな、もしかグレーゲルスが食べるかな？

グレーゲルス　（断って）いやいや結構。

ヤルマール　（なおもメランコリックに）まあ、それでも少し持ってくるか。切れっぱしでいいから、バターをよくつけてなおまえ。

ヘドヴィクは満足気にうなずいて、また台所に去る。

グレーゲルス　（彼女を目で追っていたが）ほかはどこも元気そうだね。

ギーナ　ええ、ほかに悪いところは、ありがたいことに、なにもありません。

グレーゲルス　いまに奥さんそっくりになりますよ。おいくつですか。

ギーナ　ちょうど十四になります。明後日《あさって》が誕生日なんで。

グレーゲルス　年の割には大きいですね。

ギーナ　ええ、ここ数年ですっかり大きくなりました。

グレーゲルス　子どもの成長を見てると、自分の年を知らされますね。——結婚してからは何年になりますか？

ギーナ　結婚してから——そう、間もなく十五年です。

グレーゲルス　いやほんとに、もうそんなになりますか！

ギーナ　（注意深くなって、*彼を見る）ええ、そのとおりです。

ヤルマール　ああそうだ。あと何か月かで十五年だ。（話を変えて）きみも山の工場で長かったねグレーゲルス。

グレーゲルス　長くあそこにいたが——いま振り返ってみると、あの時間はみんなどこへ行ってしまったのか*と思うね。

老エクダルが自分の部屋から出てくる。パイプはくわえず、昔の軍帽をかぶっている。やや千鳥足。

エクダル　さあヤルマール、例の相談をしよう――ふむ、なんだこれは?

ヤルマール　(彼の方に行き) お父さん、お客さんだよ。グレーゲルス・ヴェルレ、覚えてるかな?

エクダル　(立ち上がったグレーゲルスを見て) ヴェルレ? 息子さんの方? わしになんの用だ?

ヤルマール　なにも。わたしを訪ねてきたんです。

エクダル　そうか、なにかあったわけじゃないだろ?

ヤルマール　もちろんなんにも。

エクダル　(腕を振って) かまわんよおまえ。わしは怖くない、だが――

グレーゲルス　(彼の方に行き) 昔、狩りをした森が、よろしくと言ってましたエクダル中尉。

エクダル　狩りをした森?

ヤルマール　ええ、山のヘイダル製材所のあるところ。

エクダル　ああ、あの山。そう、あそこはよく知ってる、昔の話だが。

ヤルマール　あの頃、あなたの狩りの腕前は素晴らしかった。
エクダル　そう。そう言ってもいいな。おまえさん、この帽子を見てるのか。家ん中じゃだれに気兼ねすることもない。外にさえ出ていかなきゃ*、それで——、

ヘドヴィクがサンドイッチを皿にのせて持ってきて、テーブルにおく。

ヤルマール　座ってお父さん、ビールどうです。きみもどうぞグレーゲルス。

エクダルはぶつぶつ言いながら、おぼつかない足取りでソファに行く。グレーゲルスは、彼のすぐ近くの椅子に、ヤルマールはグレーゲルスの反対側に座る。ギーナはテーブルから少し離れて座り、縫物をする。ヘドヴィクは父のそばに立つ。

グレーゲルス　覚えてますかエクダル中尉、ヤルマールとわたしが、夏休みとかクリスマスに山のあなたを訪ねたこと？
エクダル　そうだった？　いやいやいや、覚えてないな。しかし、あえて言わせてもらえば、わしは狩りの名人だったわしは。クマをしとめた。*まるまる九頭もな。
グレーゲルス　（同情の面持ちで彼を見る）それなのに、もう狩りをされない。

エクダル　いや、そうとは言えんよおやじさん。ときどきは狩りもやってる。そりゃ昔のようにはいかんがな。なぜって、森は、わかるだろ。――森は、森は――！（飲む）

グレーゲルス　山で、森の様子はどうかね？

エクダル　あなたがいらしたときほどは立派じゃありません。ずいぶん伐採が進みましたから。伐採？（声をひそめ、恐れている様子で）それはいかんなそれは。ろくなことにならん。森は復讐する。

ヤルマール　（彼のグラスに注いで）さあ、もう少しどうお父さん。

グレーゲルス　あなたのような――自由に外を飛びまわってたかたが――どうしてこんなせせこましい町で、壁に囲まれて生きていけるんですか？

エクダル　（小さく笑ってヤルマールの方に目をやる）ああ、、ここだってそうすてたもんじゃない。全然すてたもんじゃない。

グレーゲルス　でも、あなたが心《しん》から親しんでたものは、みんなどうなんです？　あのひんやりとして吹き抜ける風、あの森や高原の自由な生活、獣や鳥にかこまれた――？

エクダル　（微笑んで）ヤルマール、このかたにお見せしようか？

ヤルマール　（急いで、やや当惑し）ああ、だめだめお父さん、今晩はだめ。

グレーゲルス　なにを見せようって？

ヤルマール　別に大したことじゃない――またこんど見せるよ。

グレーゲルス　（老エクダルに対し、つづける）ええ、ぼくが言ってるのはエクダル中尉、ぼくと一緒に山の工場に来るべきだということなんです、ぼくはすぐにまた戻りますので。あそこでも、間違いなく筆耕の仕事はありますよ。ここには、慰めになるものや気持ちを引き立てるものはなにもないじゃありませんか。
エクダル　（びっくりして彼を見る）なにもないって、そういう――！
グレーゲルス　そりゃあ、ヤルマールはいるでしょう。でも彼には彼の仕事があります。あなたのような、自由な野生の生活に慣れ親しんでたかたは――
エクダル　（テーブルを叩き）ヤルマール、もう見せてやらなくちゃ。
ヤルマール　いいえお父さん、もう見えるかどうか？　暗くなってますから――
エクダル　ばか言うな、月明かりで十分だ。（立ち上がる）お見せしようと言ってるんだ。通してくれ。さあ、来て手伝えヤルマール。
ヘドヴィク　そうよ、そうしてお父さん！
ヤルマール　（立ち上がる）ああ、――まあな。
グレーゲルス　（ギーナに）なんですかいったい？
ギーナ　まあ、驚くようなものじゃありませんから。
エクダルとヤルマールは奥に行き二枚の戸を、それぞれが両側に引いて開ける。ヘドヴィクは老エクダルを助ける。

グレーゲルスはソファのそばに立ち、ギーナは無関心に座って縫物をしている。開いた戸口の向こうに見えるのは、大きな、長くのびた変わった形の屋根裏部屋で、隅が風変わりな形をしており、別々に立った二本の煙突がある。狭い天窓から明るい月光が差し込んで、大きな部屋の一部を照らし、そのほかはまったく暗い陰になっている。

エクダル　（グレーゲルスに）こっちに来てごらんおまえさん。

グレーゲルス　（彼らの方に行く）いったいなんなんです？

エクダル　あそこを見てごらん。ふむ。

ヤルマール　（やや気恥ずかしく）これは親父のものなんでね。

グレーゲルス　（戸口に立って裏部屋をのぞく）ニワトリを飼ってるんですねエクダル中尉！

エクダル　そりゃあニワトリもいる、いまは好き勝手に飛んでるがね、トリたちは昼間、明るいときに見るといい！

ヘドヴィク　それから、あそこ――

エクダル　しっ――しっ、まだ言うな。

グレーゲルス　それにハトも見えますね。

エクダル　そう、もちろんハトもいる！　上の天井裏に巣箱があって。ハトは高いところが好きなんだ、わかってるだろ。
ヤルマール　どれも普通のハトじゃない。
エクダル　普通の！　いや、とんでもない！　宙返りハト*だよ、それに胸高ハトも何羽かいる。
グレーゲルス　しかし、ここに来い！　向こうの壁のところに貯蔵箱があるだろ？
エクダル　ええ、あれはなんのためですか？
グレーゲルス　夜はウサギがあそこに寝るんだおやじさん。
エクダル　おや、ウサギまでいるんですか？
　そう、あたりきよ、ウサギまでいる！　ウサギまでいるのかってよヤルマール！
　ふん！　だがいいか、もっとすごいものがいるんだ！　さあ、いいかね！　どいたどいたヘドヴィク。ここに来て、そうだ。あの下を見ろ。――藁を詰めた籠が見えないか？
グレーゲルス　見えます、籠の中にトリが一羽見える。
エクダル　ふん――《トリが一羽》――
グレーゲルス　カモじゃありませんか？
エクダル　（気持ちを害して）そう、言うまでもない、カモだ。
ヤルマール　でも、なんのカモだと思う？

ヘドヴィク　ただのカモじゃないの――

エクダル　しっ！

グレーゲルス　トルコガモ*でもない。

エクダル　いいや、ヴェルレ――さん、トルコガモなんてものじゃない。あれはな、野ガモだよ。

グレーゲルス　いやほんとうに？　野ガモ？

エクダル　そう、そのとおり。《トリ》なんておっしゃいましたがね――野ガモですよ、わしらの野ガモでねおやじさん。

ヘドヴィク　わたしの野ガモよ。わたしのものなんだから。

グレーゲルス　こんな屋根裏で生きてる？　元気に？

エクダル　水浴びする水槽もあるからな、うん？

ヤルマール　水は一日おきに、新しくとりかえてる。

ギーナ　（ヤルマールの方を振り向いて）ねえエクダル、寒くてこごえそう。

エクダル　ふむ、じゃあ閉めるか。夜のお休みを邪魔しない方がいいしな。閉めてくれヘドヴィク。

ヤルマールとヘドヴィクは戸を閉める。

エクダル　こんどまた、よくお見せする。（ストーヴのそばの肘かけ椅子に座る）いやまったく、野ガモってやつはな、素晴らしい。

グレーゲルス　でも、どうやって捕えたんですエクダル中尉？

エクダル　捕ったのはわしじゃない。この町にいるある人のお蔭だ。

グレーゲルス　（ちょっと驚いて）ある人って、まさかぼくの父じゃないでしょう？

エクダル　そう、そうだよ。まさにあんたのお父上だ。ふむ。

ヤルマール　不思議だな、よくわかったねグレーゲルス。

グレーゲルス　いや、きみは父にあれこれ世話になったと言ってたから、それで思った――

ギーナ　でも、あのカモは大旦那さまご自身からいただいたんじゃありません――

エクダル　それでも、あれはやっぱりホーコン・ヴェルレのお蔭だよギーナ。（グレーゲルスに）やつはボートを出してな、いいか、野ガモを撃った。しかし目がよくないんでな、あんたのお父上は。ふん、それで野ガモは致命傷を負わなかった。

グレーゲルス　なるほど、体に二、三発撃ち込まれた*だけ。

ヤルマール　そう、二つ三つね。

ヘドヴィク　羽の下を撃たれたの、だから飛べなかった。

グレーゲルス　ああ、それで底に深くもぐってったってわけ？

エクダル　（眠くて、もそもそと）そういうこと。野ガモはいつでもそうする。底までもぐる、――できるだけ深くなおやじさん。――しっかと嚙みついて水草なんかに――底にあるものなんにでも。それでもう決して浮かんでこない。

グレーゲルス　でもエクダル中尉、あなたの野ガモはのぼってきた。

エクダル　あんたのお父上は、まったく素晴らしい犬を持ってるんでな――その犬が――もぐってってカモを引き上げてきた。

グレーゲルス　（ヤルマールを向いて）それで、ここにもらってきたのか？

ヤルマール　すぐにじゃない。きみのお父さんは家に持って帰ったんだが、どうしても元気にならない。それでペッテルセンに殺すように言われた――

エクダル　（半ば眠っていて）ふむ――そう、ペッテルセン――あのぼけなす――

ヤルマール　（声を低くして）そういうことで、ここにもらってきた。親父はペッテルセンをよく知ってるから、野ガモのことを耳にして、ゆずってくれるように頼んだんだ。

グレーゲルス　それで、この屋根裏でよく元気になったね。

ヤルマール　そう、信じられんくらいだよきみ。太りさえした。ここに長くいて、もうほんとうの野生の生活を忘れてしまったんだな。肝心なのはそれなんだ。

グレーゲルス　たしかにそのとおりだヤルマール。青い空とか広い海など、決して見せちゃいけない――。だけどもう失礼するよ、お父さん眠ってるようだから。

ヤルマール　ああ、そんなこと――

グレーゲルス　ああ、そうだ、――貸部屋があると言ったね――いま空いてるのか?

ヤルマール　うん、それで?　だれか知ってる――?

グレーゲルス　ぼくが借りてもいいか?

ヤルマール　きみが?

ギーナ　いいえ、それはあなた、若旦那さま――

グレーゲルス　ぼくが借りてもいいなら、明日の朝すぐに移ってくる。

ヤルマール　うん、そりゃあ喜んで――

ギーナ　でも若旦那さま、とてもあなたに合うようなお部屋じゃありません。

ヤルマール　だけどギーナ、どうしてそんなこと言うんだ?

ギーナ　そうですよ、だってあの部屋は小さいし暗いし、それに――

グレーゲルス　そんなこと、ちっともかまいません奥さん。

ヤルマール　おれは、実際なかなかいい部屋だと思ってる。家具だってそう悪くない。

ギーナ　でも、下に住んでる二人のことを考えると。

グレーゲルス　二人ってどんな?

ギーナ　ああ、一人は家庭教師をしてますが――

ヤルマール　大学を出たモールヴィクという男でね。

ギーナ　――それに、レリングというお医者。
グレーゲルス　レリング？　彼ならちょっと知ってる。ヘイダルの山で開業してたことがあった。
ギーナ　ほんとにどうしようもない二人なんです。晩にはしょっちゅう浮かれまわって、帰りは遅いし。それにいつも――
グレーゲルス　すぐに慣れると思います。ぼくも野ガモと同じようにね。
ギーナ　ああ、一晩お考えになってからの方がいいと思いますけど。
グレーゲルス　ぼくがここに移ってくるのは、お嫌なようですね奥さん。
ギーナ　いいえ、とんでもありません、どうしてそんなことを？
ヤルマール　そうだよ、おまえほんとに変だよギーナ。（グレーゲルスに）じゃあ、きみは当分町にいるつもりなのか？
グレーゲルス　（オーバーを着て）うん、いまはそうしようと思ってる。
ヤルマール　でもお父さんと一緒じゃなくて？　それでなにをしようというんだ？
グレーゲルス　ああ、それがわかりさえすればね――そうしたら、ぼくもそう道に迷ってることもないんだが。しかし背中にグレーゲルスという十字架を背負っていると――《グレーゲルス》それに《ヴェルレ》とつづく。こんな嫌なこと、聞いたことあるか？
ヤルマール　いや、そうは全然思わないけど。
グレーゲルス　うふ！　ぺっ！　そんな名前のやつには唾を吐きかけたいよ。でもこの世でいった

ヤルマール　んグレーゲルス――ヴェルレという十字架を背負っていると、ぼくみたいに――

グレーゲルス　（笑って）はっはっ、グレーゲルス・ヴェルレでなければ、なにになりたいんだ？

ギーナ　自分で選べるものなら、いちばんなりたいのは賢い犬だ。

ヘドヴィク　犬！

グレーゲルス　（思わず）いえ、そんな！

ヤルマール　そう、とてつもなく賢い犬にね。下にもぐっていって、沼地の水草にしがみついてる野ガモに向かって、底まで追っていくような賢い犬。

グレーゲルス　いやねえグレーゲルス、――なんのことかさっぱりわからないよ。

いや、なにも特別な意味があるわけじゃない。じゃ明日の朝――移ってくる。（ギーナに）どうぞぼくのことはおかまいなく。全部自分でやりますから。（ヤルマールに）あとの話は明日にしよう。――おやすみなさい奥さん。（ヘドヴィクにうなずいて）おやすみ！

ギーナ　おやすみなさいませ若旦那さま。

ヘドヴィク　おやすみなさい。

ヤルマール　（明かりをつけていたが）待ってくれ、明かりを持ってく、階段は暗いんだ。

グレーゲルスとヤルマールは入り口から出ていく。

ギーナ　（縫物を手に、空《くう》を見つめ）あの人、犬になりたいなんて、変な話じゃない？

ヘドヴィク　わたしはねお母さん――なにか別のこと言ってたんじゃないかと思う。

ギーナ　それ、どういうこと？

ヘドヴィク　いいえ、よくわからないけど、あの人の言ってたことは全然別のことじゃないかな――初めから終わりまで。

ギーナ　そう思う？　まあ、変なことだよ。

ヤルマール　（戻ってきて）ランプがまだついてた。（明かりを消し、おく）。ああ、やっと食べ物にありつける。（サンドイッチを食べ始める）な、わかっただろギーナ。――一所懸命にさえなれば――

ギーナ　どうなの？

ヤルマール　うん、やっと部屋を貸せたんだ、運がよかったじゃないか。しかも――借り手がグレーゲルスだなんて――昔の親友だ。

ギーナ　ええ、なんと言っていいか、わたしには。

ヘドヴィク　まあお母さん、きっと楽しくなるよ！

ヤルマール　だけどおまえ、おかしいよ。あんなに借り手を探してたのに、いまはそう見えない。

ギーナ　いいえねエクダル、これがほかの人だったらね――。大旦那さまなんて言われると思う？

ヤルマール　ヴェルレの旦那？　あのかたには関係ない。

ギーナ　でも、若旦那さまが家を出たというのは、二人の間になにかあったってことだよ。あの二人がどんな仲か知ってるだろ。

ヤルマール　うん、そうかもしれないが、でもね——

ギーナ　大旦那さん、多分、あんたが裏で糸を引いてると思われるよ——

ヤルマール　勝手に思わせときゃいい！　ヴェルレの旦那には大いに恩を受けてる、たしかに——それは認める。でもだからといって、いつまでもあの人から独立できないわけはない。

ギーナ　でもねエクダル、おじいさんにも響いてくるよ。グローベルグのとこでもらってる小さな仕事、なくすことになるかも、かわいそうに。

ヤルマール　望むところと言いたいね。白髪頭の親父が宿無し同然にうろついてるのを見るのは、おれのような男にとって、屈辱的極まりない、そうは言えないか？　だが、いまやときは来たらんとしている！*（サンドイッチをもう一つ手に取って）間違いなくおれには人生の使命がある。だからそれをやり遂げてやる！

ヘドヴィク　そうよお父さん、やってよね！

ギーナ　しっ、おじいさんを起こさないで！

ヤルマール　（低く）おれはやり遂げてみせる。その日はまさに来たらんとしている――だから、部屋を貸せたのはよかった。これでもっと独立できる。人生の使命をもつ男はそうあるべきだ。（肘かけ椅子のところに行き、感動して）かわいそうな年老いた白髪頭のお父さん。――あなたのヤルマールに寄りかかりなさい。――わたしには広い肩がある――とにかくしっかりした肩です。――いつか、美しい朝、目が覚めると――（ギーナに）おまえ、もしか信じてない？*

ギーナ　（立ち上がって）もちろん信じてる。でも、先におじいさんを寝かせてあげなくちゃ。

ヤルマール　ああ、そうしよう。

二人は、老エクダルを注意深くもちあげる。

第三幕

ヤルマール・エクダルのアトリエ。朝。傾斜した屋根の大きな天窓から日光が差し込んでいる。カーテンは引いてある。

ヤルマールがテーブルについて座り、写真の修整をしている。彼の前のテーブルにほかの数枚の写真。ややあってギーナが入り口から入ってくる。帽子をかぶりオーバーを着て、覆いをした籠を腕に抱えている。

ヤルマール　もう戻ったのかギーナ？
ギーナ　ええ、早いとこやってしまわないとね。（籠を椅子の上におき、オーバーを脱ぐ）
ヤルマール　グレーゲルスの部屋、のぞいてみた？
ギーナ　ああ見たよ。あそこ、まったく美しいもんよ。あの人、来た途端にお部屋をきれいにいたしましたってわけ。
ヤルマール　どういうこと？

ギーナ　そうなの、あの人全部自分でやると言っただろ。それでストーヴに火をつけようとしてさ、通風孔を閉*めたもんだから部屋じゅう煙だらけ。いやはや、臭いのなんのって、——

ヤルマール　そりゃひどい。

ギーナ　それからが傑作なのよ。あの人、火を消そうとしてバケツの水をストーヴん中にぶちまけたものだから、床じゅう泥でめちゃくちゃ。

ヤルマール　そりゃ困ったもんだ。

ギーナ　門番のおかみさんにあとを頼んだんだけど、あの豚*。午後までは中に入れないね。

ヤルマール　それでどこに行った?

ギーナ　散歩に行くと言ってた。

ヤルマール　おれもちょっと寄ってみたんだが——おまえの出てったあとに。

ギーナ　聞いたよ。朝ご飯に招《よ》んだんだろ。

ヤルマール　まあ、ちょっとした昼めしをかねて*ってことで、いいだろ。初日なんだから——仕方ないよ。なにかあるだろ、いつものもので。

ギーナ　なにか見つくろうよ。

ヤルマール　でも、あんまり少なくてもいかんがね。レリングとモールヴィクも来ると思うから。階段でレリングにばったり出くわしたんで、しょうがなく——

ギーナ　あの二人も来るの？
ヤルマール　なんだよ――一人や二人多くても、どうってことないじゃないか。
エクダル老人　（自分の部屋のドアを開けて部屋をのぞく）あのなヤルマール（ギーナに気づいて）ああ、そう。
ギーナ　おじいさん、なにか必要なものでも？
エクダル　ああいや、かまわん。ふむ！（また部屋に入る）
ギーナ　（籠をとって）おじいさんに気をつけててよ、外に出ないように。
ヤルマール　ああ、ああ、わかってる。――なあギーナ、ニシンサラダ*でも少し作れば十分だ。レリングとモールヴィクはゆうべ、外で飲んでご機嫌だったんだから。
ギーナ　そう早くに来なければいいけどね、そうじゃないと――
ヤルマール　大丈夫、ゆっくりすればいい。
ギーナ　ああわかった。その間にあんたも少し仕事ができるね。
ヤルマール　もちろんこのとおりやってる！　できるだけのことはやってるよ！
ギーナ　そうすれば、それ済んじゃうでしょ、ね。

彼女は籠を持って、台所に去る。

ヤルマールはしばし座って写真にペンを入れているが、のろのろと気は進まず。

エクダル　（のぞいて、アトリエを見まわし、抑えた声で言う）忙しいのかおまえ？

ヤルマール　ええ、こうやって、あれこれの写真に苦労してるんです――

エクダル　そうか、わかった――おまえが忙しいのなら――。ふむ！（また部屋に入る、ドアはあいたまま）

ヤルマール　（しばらく黙ってつづける。それから鉛筆をおいてドアのところに行く）忙しいんですかお父さん？

エクダル　（中からぶつぶつと）おまえが忙しいんなら、わしも忙しい。ふむ！

ヤルマール　ああ、そうですか。（また仕事にかかる）

エクダル　（ややあって、ドアのところに出てくる）ふむ、なあヤルマール、わしはそうひどく忙しいってわけではないんだが。

ヤルマール　筆耕の仕事でしょ。

エクダル　ばかな、グローベルグのやつ、一日か二日《ふつか》待てないことはない。死ぬか生きるかの問題じゃあるまいし。

ヤルマール　そうですよ、お父さんは奴隷じゃないんですから。

エクダル　それで、あそこでもう一つの――

ヤルマール　ええそれですよ。中に入りますか？　開けましょうか？
エクダル　まったくもって悪くない。
ヤルマール　（立ち上がる）そうすれば、あれをやってしまえますすね。
エクダル　そうだよ。明日の朝までにやれる。あれは明日だろ？　あん？
ヤルマール　そうそう、明日ですよ。

ヤルマールとエクダルがそれぞれの側に開き戸を引く。朝の太陽が円窓から射し込んでいる。鳩は幾羽かが飛びまわっていて、ほかは台の上でくっくっと鳴いている。鶏は、裏部屋の奥の方で、ときどき鳴き声をあげている。

ヤルマール　さあ、入ってくださいお父さん。
エクダル　（中に入りながら）おまえは来ないのか？
ヤルマール　入りますよ、あのね、――わたしが思うのは――（台所のドアのところにギーナが来たのを見て）わたし？　いいえ、そんな暇ありませんよ、仕事があります。――でも、この工夫は――

彼が結びを引くと、内側からカーテンが下りてくる。下の部分は縞模様の古いズックの帆布でできており、ほかの上の部分は、広げた魚網でできている。それで、裏部屋の床はもう見えなくなる。

ヤルマール　（テーブルに戻りながら）まあ、これでしばらくは静かに仕事ができる。
ギーナ　おじいさん、また中でひとあばれ？
ヤルマール　マダム・エリクセンとこにしけ込むよりはいいんじゃないか？（座る）なにがしたいんだ？　おまえは——
ギーナ　ただ、ここで朝食の用意をしてもいいか、聞きたいと思って。
ヤルマール　ああ、早くに来る予約はないんだな？
ギーナ　ない。一緒に撮りたいという新婚さんのほかはだれもいない。
ヤルマール　なんだ、あの二人なら、別の日に撮ればいい！
ギーナ　いいえエクダル、あれは午後に決めてある、あんたが昼寝してるときに*。
ヤルマール　それなら結構。いいよ、ここで食べよう。
ギーナ　ええ、ええ、でもなにも急いで用意することないから、もうしばらくはこのテーブル使っててていい。
ヤルマール　ああ、見てのとおり、おれはここに座って、テーブルでできるかぎりやってる。
ギーナ　それが終われば、自由だからねあんた。（台所に戻る）

短い間

エクダル　（裏部屋の戸口で、網の向こうから）ヤルマール！
ヤルマール　なんです？
エクダル　水鉢を移さなくちゃいけないいんじゃないかやっぱり。
ヤルマール　そう、そうですよ、前からそれを言ってる。
エクダル　ふんふんふん。（戸口から離れる）

ヤルマールはしばらく働いているが、裏部屋の方をうかがって、腰を浮かす。
ヘドヴィクが台所から入ってくる。

ヤルマール　（あわてて腰を下ろし）なんの用だ？
ヘドヴィク　そばにいたいだけお父さんの。
ヤルマール　（ややあって）おまえ、そんなうろちょろして、お父さんを見張ってるのか？
ヘドヴィク　いいえ、とんでもない。
ヤルマール　お母さん、あそこでなにしてる？

ヘドヴィク　ニシンサラダの最中。（テーブルに近づき）なにか、ちょっと手伝うことないお父さん？

ヤルマール　ない。お父さんが全部一人でやる。それがいちばんいい、――力のつづくかぎり。――なにも心配はないヘドヴィク。ただお父さんが丈夫でいる間は――

ヘドヴィク　やめてよお父さん。そんな嫌なこと言うの。

ヘドヴィクはしばらくあたりを行き来し、開いた戸のところで止まり、裏部屋をのぞく。

ヤルマール　おじいさんなにしてる？

ヘドヴィク　水鉢まで新しい溝をつけてるみたい。

ヤルマール　一人じゃ絶対にできないくせに！　だけどおれはここには縛りつけられてる――！

ヘドヴィク　（ヤルマールのところに行き）ブラシかしてお父さん。わたしできるから。

ヤルマール　ばか言うな。目を悪くするだけだ。

ヘドヴィク　大丈夫。ブラシちょうだい。

ヤルマール　（立つ）そうか、じゃ、ちょっとの間、一、二分だけだよ。

ヘドヴィク　へっ。そんなこと？（ブラシをとり）さあ（座る）まずこの一枚から。

ヤルマール　しかし目には気をつけろ！　いいか？　お父さんは責任もたないよ。自分の責任だよ、――わかってるね。

ヘドヴィク　（修整しながら）ええ、ええ、わかってる。

ヤルマール　うまいもんだなヘドヴィク。ほんの二、三分――いいな。

彼はカーテンの隅から滑り込んで裏部屋に入る。ヘドヴィクは座ったまま仕事をする。ヤルマールとエクダルが中で言い争っているのが聞こえる。

ヤルマール　（網の中から出てくる）ヘドヴィク、棚の上にあるペンチをとってくれ、それからノミもなおまえ。（中に向かって）ああ、お父さんは見ててください。まずわたしの考えをやってみせますから！

ヘドヴィクは言われた道具を本棚から持ってきて、彼に渡す。

ヤルマール　ありがとう。お父さんが入ってほんとによかった。（開いたドアから入る。二人は中で仕事をしながら話している）

ヘドヴィクは立ったまま二人を見ている。ややあって、入り口のドアにノックの音。
彼女は気づかない。

グレーゲルス　（帽子もオーバーもなく、入ってきてドアのところでちょっと止まる）ふむ――！
ヘドヴィク　（振り向き、彼の方に行く）おはようございます。どうぞお入りください。
グレーゲルス　ありがとう。（裏部屋の方を見て）あなた、大工*さんを入れてるみたいですね。
ヘドヴィク　いいえ、お父さんとおじいさんです。呼んできます。
グレーゲルス　いやいやかまわない。しばらく待ってる方がいい。（ソファに座る）
ヘドヴィク　こんなに散らかって――（写真を片付けようとする）
グレーゲルス　そのままで結構。写真の修整ですか？
ヘドヴィク　ええ、ちょっとお父さんの手伝いを。
グレーゲルス　じゃ、ぼくにはかまわないで。
ヘドヴィク　はい。

彼女は、やっているものを引き寄せて、仕事をつづける。その間、グレーゲルスは黙って彼女を見ている。

グレーゲルス　野ガモはゆうべよく眠れたのかな？
ヘドヴィク　ええ、ありがとうございます。そう思います。
グレーゲルス　（裏部屋の方に振り返り）昼の明るさだと、ゆうべ月明かりで見たのとはずいぶん違って見える。
ヘドヴィク　ええ、とても違ってます。午前と午後でも違います。雨とお天気のときも。
グレーゲルス　そんなことまでわかるんですか？
ヘドヴィク　ええ、もちろんわかります。
グレーゲルス　あなたも、あの中で野ガモの世話をするの？
ヘドヴィク　ええ、できるときは――
グレーゲルス　でも学校があるから、あんまり時間がないんでしょう。
ヘドヴィク　いいえ、学校にはもう行ってません。お父さん、目を悪くしないか心配だからって。
グレーゲルス　じゃ、家でお父さんに習ってる。
ヘドヴィク　お父さん、教えてくれるって約束したんですけど、その時間がなくて。
グレーゲルス　でも、ほかにだれか教えてくれる人はいるの？
ヘドヴィク　います、モールヴィクさん。でも、いつもちゃんとしてるとはかぎらなくて――その――
グレーゲルス　お酒が入ってる？

ヘドヴィク　ええ、そうなんです。

グレーゲルス　それじゃ、あなたには好きなことができる時間があるわけだ。それにあの中は、あそこだけで一つの世界と言ってもいいんじゃない？――そんな気がするけど。

ヘドヴィク　そのとおりです。変わったものがたくさんあります。

グレーゲルス　そう？

ヘドヴィク　ええ、本の入った大きな箱があるんですけど、絵入りの本がたくさん。

グレーゲルス　ああ、そう！

ヘドヴィク　それに、引き出しのついた古い書き机とか、人形が飛び出してくる大きな時計。でも、時計はもう動かないんです。

グレーゲルス　じゃ、時間が止まってる*ってことだね――野ガモのところでは。

ヘドヴィク　そうなの。それから古い絵具箱とかそんなものも。ほかにもいろんな本。

グレーゲルス　本はあなたが読むの？

ヘドヴィク　ええそう、読める本はね、でもほとんどは英語なんで、わからないんです。でも絵を見ています。――一冊すごく大きな本があるんですけど、《ハリソンのヒストリー・オヴ・ロンドン*》という本。百年以上も昔の本で、すごくたくさんの絵が入ってる。表紙には、砂時計を持った死神と少女の絵が描いてあって。嫌な絵だと思う。でも、ほかにいろんな絵があって、教会とかお城とか街路や大きな船なんか、

グレーゲルス　大海を行くね。

ヘドヴィク　でもね、そんな珍しいものをみんな、どこから手にいれたの？　この家には、昔、年老いた船長さんが住んでたんです。そんなものみんな、その人が持ってきたらしいの。その人、みんなから〈さまよえるオランダ人*〉って呼ばれてたんですって。変よね、だってその人オランダ人じゃなかったんです。

グレーゲルス　そうじゃなかった？

ヘドヴィク　ええ。でもその人いなくなってしまって、それで全部あとに残されたんです。

グレーゲルス　ねえ、どうかな——あの中でそんな絵を見てると、外に出ていって、自分でほんとうの大きな世界を見たいって気にはならない？

ヘドヴィク　なりません！　わたし、ずっと家にいて、お父さんとお母さんを助けたい。

グレーゲルス　ときには写真の仕事をして？

ヘドヴィク　いいえ、それだけじゃありません。わたしがいちばんやりたいのは、英語の本にあるような絵を彫ること、それを習いたい。

グレーゲルス　ふむ。お父さんはなんて言ってる？

ヘドヴィク　お父さんはよく思ってないみたい。変なの、お父さんたら、籠細工とか藁細工を習えって言うの。でも、そんなことなにかに役立つと思えない。

グレーゲルス　そうだね、ぼくもそう思う。

ヘドヴィク　でも、お父さんの言うのももっともなところがあるんです、わたしが籠細工を習えば、野ガモに新しい籠を作ってやれるからって。

グレーゲルス　それはそうだ。あなたが野ガモとはいちばん親しいんだから。

ヘドヴィク　そう、だってあれ、わたしの野ガモ*ですから。

グレーゲルス　ああ、そうだね。

ヘドヴィク　そう、わたしのもの。でも、お父さんやおじいさんに、好きなとき貸してあげてる。

グレーゲルス　それで、二人はなにをするの？

ヘドヴィク　まあ、いろんなこと、世話をしたり、居場所を作ったり、そんなこと。

グレーゲルス　なるほど。生まれのよさは野ガモがいちばんだものね、あの中で。

ヘドヴィク　ええそう、だって彼女*、ほんとうの野生の鳥なんです。だから悲しいことに、だれも仲間がいないの、かわいそうな野ガモには。

グレーゲルス　ウサギのような家族がいない。――

ヘドヴィク　ええ。ニワトリも、ヒヨコのときからの仲間がたくさんいる。でも、野ガモはみんなから離れてしまった。だから、ますます不思議なものになってる。彼女を知るものはいないし、どこから来たかもだれも知らない。

グレーゲルス　それに彼女はうなばらの底*にいたんだし。

ヘドヴィク　（急に彼を見て、笑みを抑えて聞く）どうして、うなばらの底なんて言うんですか？

グレーゲルス　ほかにどう言えばいい？
ヘドヴィク　海の底とか――海底（かいてい）でも。
グレーゲルス　ああ、うなばらの底だっていいんじゃない？
ヘドヴィク　いいんですけど、ほかの人がうなばらの底と言うのを聞くと、なにか変な気がする。
グレーゲルス　どうして？　ねえ、どうして？
ヘドヴィク　なんでもありません、くだらないこと。
グレーゲルス　くだらないことない。どうして笑ったのか教えて。
ヘドヴィク　どうしてかというとね。いつでも――急に――あの裏部屋のことを思い出そうとすると、きまって、部屋全体、なにもかも一緒になって、うなばらの底って感じがする――でも、そんなのくだらないでしょ。
グレーゲルス　そんなことちっともない。
ヘドヴィク　そうよ、だってあれはただの屋根裏ですから。
グレーゲルス　（じっと彼女を見て）ほんとうにそう思う？
ヘドヴィク　（おどろいて）あれ屋根裏だってこと！
グレーゲルス　そう。たしかにそうだとわかってる？

ヘドヴィクは沈黙して、びっくり顔で彼を見つめる。

ギーナがテーブルカバーなどを持って台所から入ってくる。

グレーゲルス　(立ち上がる) どうも早く来すぎました。

ギーナ　ええ、どこかにはいなくちゃならないでしょうから。もうすぐ用意できます。テーブルを片付けてヘドヴィク。

ヘドヴィクは片付けて、ギーナと二人で、つぎの場面の間、テーブルに食事の用意をする。

グレーゲルは肘かけ椅子に座って、アルバムをめくっている。

グレーゲルス　あなたも写真の修整ができるとお聞きしましたが奥さん。

ギーナ　(横目で見て) ええまあ、できますが。

グレーゲルス　それは好都合でしたね。

ギーナ　どうしてですか?

グレーゲルス　エクダルが写真師になったからですよ。

ヘドヴィク　お母さんは写真も撮ります。

ギーナ　まあ、やりかたは見よう見まねで。

グレーゲルス　じゃあ、写真屋はあなたがやってるわけですね？
ギーナ　ええ、エクダルは自分のことで忙しいから――。
グレーゲルス　年取ったお父さんの世話をしなくちゃならないんでしょうきっと。
ギーナ　ええ、それにエクダルは、そこいらのゆうぞうむぞう（有象無象）*のポットレートを撮っている人とは違います。
グレーゲルス　それはぼくもそう思う。でもいったんその道に踏み込むと、――
ギーナ　若旦那さま、エクダルはどこにでもいるような写真師じゃないんです、おわかりでしょう。
グレーゲルス　ええ、それはね！　でも――？

裏部屋の中でピストルの音がする。

グレーゲルス　（びっくりして）あれはなに！
ギーナ　ああ、また撃ってる！
グレーゲルス　射撃もしてる？
ヘドヴィク　狩りをしてるんです。
グレーゲルス　どういうこと！（裏部屋の入り口で）狩りをしてるのかヤルマール？

ヤルマール　（網の中から）来てたのか？　知らなかった。つい熱中して――（ヘドヴィクに）おまえ、黙ってるなんて！（アトリエに入ってくる）
グレーゲルス　裏で狩りをするのか？
ヤルマール　（二連発ピストル*を見せて）ああ、ほんのこれでね。
ギーナ　そうよ、あんたとおじいさん、いまにきっと事故を起こすから、そのピグストール*で。
ヤルマール　（苛立って）言っただろ、こういうのはピストルというんだ。
ギーナ　ああ、似たようなもんじゃない。
グレーゲルス　じゃあ、きみも狩人ってわけかヤルマール？
ヤルマール　ときたまウサギを撃つだけでね。だいたいが親父のためなんだよ。
ギーナ　男ってのはほんとにおかしな人たち、いつでもなにかにネツナカしてる。*
ヤルマール　（怒って）ああそうだ、男ってのはな、いつでもなにかに熱中してる。
ギーナ　そう、それよわたしが言ってるのは。
ヤルマール　そうか、ふん！（グレーゲルスに）いやね、幸いなことに、この屋根裏は、ピストル撃ってもまわりに聞こえないようになってる。（ピストルを本棚のいちばん上において）ピストルに触れるんじゃないよヘドヴィク！　まだ一発残っているから、忘れるなよ。

グレーゲルス　（網ごしに中を見る）猟銃もあるんだな。
ヤルマール　親父の古い銃。もう使いものにならない。ボルトの具合が悪くてね、それでも、持ってるのは楽しい。ときたま解体して部品を油で磨いてまた組み立てる――。いや、もちろんそんなことするのは、だいたい親父なんだがね。
ヘドヴィク　（グレーゲルスのところで）いまは野ガモがよく見えるでしょ。
グレーゲルス　よく見える。片方の羽がちょっと垂れてるみたい。
ヤルマール　ああ、当然だろ、そこに弾を受けたんだから。
グレーゲルス　それから足をちょっと引きずってる。違うか？
ヤルマール　おそらくほんの少しだけね。
ヘドヴィク　ええ、その足なんです犬が噛みついたのは。
ヤルマール　でも、ほかには傷一つない。まったく驚きだよ、体に弾を受けて、犬に噛みつかれたにしてはね――
グレーゲルス　（ヘドヴィクに目の合図をして）――それに、うなばら深くにもぐってたにしてはね――あんなに長く。
ヘドヴィク　（微笑む）ええ。
ギーナ　（テーブルを整えながら）ありがたい野ガモよほんとに。お蔭で大騒ぎ。
ヤルマール　ふん――食事はもうすぐだろ？

ギーナ　そう、すぐだよ。ヘドヴィク、手伝ってちょうだい。

ギーナとヘドヴィクは台所に去る。

ヤルマール　（声をひそめ）そこで親父を見てるのはやめた方がいい。嫌がるんだ。

グレーゲルスは裏部屋のドアから離れる。

ヤルマール　閉めといた方がいいな、ほかの連中が来る前に。（手で追い払って）しっ、しっ、入って入って！（そう言いながらカーテンを上げて、戸を閉める）こういうやりかたにしたのは、おれの工夫なんだ。こんなものを作ったり、壊れてるのを直したりするのは実に面白くてね。それに、どうしても必要なんだこれは、ギーナがウサギやニワトリがアトリエに入ってくるのを嫌がるもんだからね。

グレーゲルス　いや、わかるよ。写真の仕事は奥さんが取り仕切ってるんだって？

ヤルマール　いつもは、商売はあれに任せてる。その間、おれは居間に引きこもって、もっと大切なことに没頭してるから。

グレーゲルス　なんなんだそれはヤルマール？

ヤルマール　きみが今まで聞いてこないのを不思議に思ってた。もしか、おれの発明のこと、聞いてないのか？
グレーゲルス　発明？　いや。
ヤルマール　そう？　聞いてないか？　いやいや、辺鄙な山や森にいれば――
グレーゲルス　それじゃ、きみは発明をしたのか！
ヤルマール　まだ完成はしていない。だが専念している。おれが写真を始めたのは、そこいらの連中のポートレートを撮るためだなんて思うなよ。
グレーゲルス　いやいや、奥さんもさっきそう言ってた。
ヤルマール　おれは誓う、この職業に全身全霊をささげ、これを芸術としても科学としても高い水準まで押し上げてみせる。そのために素晴らしい発明をしようと心に決めた。
グレーゲルス　どんな発明？　なんの役に立つもの？
ヤルマール　きみね、まだそんな詳しいことまで聞かないでくれよ。時間がかかるんだ、いいか。虚栄心でやってるんだとは思ってくれるな。自分のためにやってるんじゃない。いや違う、おれが日夜苦労を重ねているのは人生の使命のためだ。
グレーゲルス　どんな使命？
ヤルマール　白髪頭のじいさん、わかるか？
グレーゲルス　かわいそうなお父さん、うん、で、お父さんのために、いったいなにができる？

ヤルマール　じいさんの自尊心を蘇えらせる。エクダルの家名をもう一度、名誉ある立派な名前に高めることでね。

グレーゲルス　つまり、それがきみの使命。

ヤルマール　そう。おれは難破した親父を救う。あの嵐が襲いかかって親父を難破させた。あの恐ろしい尋問で親父は正気をなくした。あそこにあるピストルね——ウサギを撃つのに使ってるやつ——あれもエクダル家の悲劇に一役買ったんだ。

グレーゲルス　ピストルが！　どうして？

ヤルマール　判決がくだって拘置されるとなったとき、——そのとき親父は、ピストルを手にとった——

グレーゲルス　そうなのか——！

ヤルマール　そうだ。でもできなかった。勇気がなかった。あのときすでに親父の心は廃人同然、ぼろぼろになってた。ああきみ、わかるか？　軍人だった親父、クマを九頭もしとめた親父、先祖には中佐が二人もいる家系だ——そう、代々つづけてだもちろん——。それなのに、理解できるかグレーゲルス？

グレーゲルス　うん、よくわかる。

ヤルマール　おれにはわからない。しかしこのピストルはもう一度、わが家の歴史的役割を担った。親父が灰色の服*を着せられ、カギ付きの牢に入れられたとき——ああ、おれはたまらなくつらかった、わかるだろ。おれは窓のブラインドを下ろして外をのぞいた。太陽はいつもと変わらず照りつけていた。おれにはそれが理解できなかった。道には人が行き通い、笑い合って、とりとめのない話をしていた。おれにはそれが理解できなかった＊。すべての存在は日蝕のときのように、静止しているはずだと思ったのに。

グレーゲルス　そういう思いは、ぼくも母が死んだとき経験した。

ヤルマール　そのときヤルマール・エクダルは、あのピストルを己の胸にまっすぐにつきつけた。

グレーゲルス　きみもそれを考えた——！

ヤルマール　そうだ。

グレーゲルス　だが、撃たなかった？

ヤルマール　そうだ、決定的な瞬間に、おれは己に打ち克った。生きつづけた。しかしねきみ、あのようなとき、死ではなく生を選ぶには大変な勇気がいる。

グレーゲルス　まあ、見方によるね。

ヤルマール　いや絶対そうだ。しかしそれでよかった。おれはもうすぐ発明をするわけだから。おれだけじゃない、ドクトル・レリングもそう言ってる。親父はまた軍服を着ることが許されるだろうって。おれはそれを、ただ一つの報酬として要求するつもりだ。

グレーゲルス　じゃあ軍服なのか、お父さんが——？

ヤルマール　そう、それなんだ親父の一番の望みは。親父のことで、おれの心がどんなに痛むか、きみには想像できないよ。家族のちょっとした祝いのときに――ギーナやおれの結婚記念日とか、そんなことだが、――そのときに親父は華やかな頃の中尉の軍服を着て出てくる。だけど、入り口のドアが叩かれでもすると、――親父はほかのものに見られたくなくてね――年寄りの弱った足で、あわてて自分の部屋に駆け込むんだ。息子として、そんな姿を見ると、心のちぎれる思いがするよきみ。

グレーゲルス　それで、発明はだいたいいつ頃完成する予定なんだ?

ヤルマール　おいおい、いつだなんて、そんな詳しいことは聞くなよ。発明ってのはな、自分でもはっきりしたことはわからないもんなんだ。大部分、インスピレーションなんだよ――ひらめきだ――いつそれが起こるかなんて前もってはだれにもわからない。

グレーゲルス　でも進んではいるんだろ?

ヤルマール　むろん進んでる。毎日欠かさず発明に専念してる、かかりっきりだ。午後にはいつでも、食事のあと、居間*に引きこもってる、あそこだと静かに考えられるんでね。しかし急がせちゃいけない、急がせてもなんの役にも立ちはしない、レリングもそう言ってる。

グレーゲルス　だけど、裏部屋でいろんなことをやっていて、気が散ることはないのか?

ヤルマール　いやいやいや逆だよ。そんなことはまったくない。考えるには根気がいる、同じことに四六時中没頭してるなんて、とてもできないよ。合間には、なにか気を紛らすことも必要だ。インスピレーションとかひらめきってのはねきみ、——来るときは来るもんなんだよ。

グレーゲルス　ねえヤルマール、きみには、どうも野ガモのようなところがあると思う。

ヤルマール　野ガモのような？　どういうことだ？

グレーゲルス　きみは沼の底に沈み込んで、底の水草にしがみついている。

ヤルマール　きみは、親父の羽を撃ち抜いた、致命的と言っていい一撃のことを言ってるのか——おれも同じだって？

グレーゲルス　そうでもない。きみは一撃を受けて傷ついたとは思わない。だけど、毒された沼に沈んでるんだヤルマール。体じゅう泥にまみれて、真っ暗な底に沈んでただ死ぬのを待っている。

ヤルマール　おれが？　真っ暗な中で死ぬ？　おいおいグレーゲルス、そんな変な話やめてくれよほんとうに。

グレーゲルス　心配いらない。ぼくがもう一度、上まで引きあげてやる。ぼくもいまは、人生の使命を見つけたからねきみ。昨日、それに気がついた。

ヤルマール　ああ、それは結構。でもおれのことはほっといてくれ。言っとくけどね、——おれはこれ以上ないくらい満足してる、——まあ、ときにメランコリーになるのは、もちろん別としてね。

グレーゲルス　そういうのが毒されてる証拠だ。

ヤルマール　いやねえグレーゲルス。そんな泥だの毒だのってやめてくれ。そういう話を聞くのは慣れてないいんだよ、この家じゃ、おれに向かって嫌なこと言うものはだれもいないんでね。

グレーゲルス　ああ、そうだろう、わかるよ。

ヤルマール　うん、おれが嫌がるから。それにここにはきみが言うような沼っ気なんかないよ。貧しい写真家の家だ、屋根も低い、わかってる、――暮らしは楽じゃない。だがおれは発明家だきみ。――そしてまた、家の大黒柱だ。それがこのつつましい境遇にあって、おれを高く支えている。――ああ、やっと朝めしだ！

ギーナとヘドヴィクが、ビール、ブランディのデカンター、グラスなどを持ってくる。同時にレリングとモールヴィクが入り口から入ってくる。二人とも、帽子もオーバーもなしで、モールヴィクは黒い服装。

ギーナ　（持ってきたものをテーブルに並べる）まあ、お二人は、ほんと、時間にぴったりさんね。

レリング　モールヴィクがニシンサラダのにおいを嗅ぎつけましてね、我慢できなかったんです。――もう一度おはようエクダル。

ヤルマール　グレーゲルス、紹介しよう。元神学生のモールヴィク。こちらはドクトル――そう、レリングは知ってるね。

グレーゲルス　うん、まあちょっとね。

レリング　ああ、ヴェルレ・ジュニアさんだね。工場のあるヘイダルの山では、喧嘩相手だった。ここに移ってきた？

グレーゲルス　今朝、移りました。

レリング　モールヴィクとわたしはこの下に住んでます。だから、医者と坊主が身近にいる、必要なときにね。

グレーゲルス　ありがとう。そうなるかも、昨日はテーブルに十三人いましたから。

ヤルマール　ああ、また嫌なことを言う、やめてくれよ！

レリング　心配するなエクダル、きみにはまったく関係のないことだ。

ヤルマール　家族のためにもそう願いたいよ。さあ、テーブルについてくれ。食べて飲んで、愉快にやろう。

＊

グレーゲルス　お父さんを待たなくていいのか？

ヤルマール　いいんだ、親父はあとで自分の部屋で食べる。こっちに来いよ！

男たちは朝食のテーブルについて、食べ、飲む。
ギーナとヘドヴィクは出たり入ったりして、給仕する。

レリング　ゆうべはモールヴィク、ひどいへべれけでしてね奥さん。

ギーナ　そうなの？　昨日もまた？

レリング　二人夜中に戻ったとき、やかましくなかったですか？

ギーナ　いえ、大丈夫だった。

レリング　それはよかった。ゆうべのモールヴィクは手の付けられない有様でね。

ギーナ　ほんとなのモールヴィク？

モールヴィク　ゆうべのことはなしにしましょう。ああいうのは、ぼくのより高尚な部分とは無関係なんです。

レリング　（グレーゲルスに）こいつにはね、ときに霊気のようなものがとりつく。だから外でどんちゃん騒ぐ必要がある。なぜって、モールヴィク先生はデモニック*なんだからね。

グレーゲルス　デモニック？

レリング　そう、モールヴィクは悪霊もちなんだ。

グレーゲルス　ふむ。
レリング　悪霊もちの人間は、この世でまっすぐに進むようにはできていない。ときどき横道にそれる必要がある。――ところで、あんたはまだ、あの恐ろしく陰気な工場で働いてる？
グレーゲルス　これまでは働いていていました。
レリング　それで、あんたがもち歩いてたあの要求、あれは収穫があったのかね。
グレーゲルス　要求？（理解して）ええ、まあ。
ヤルマール　要求の収穫って、グレーゲルス？
グレーゲルス　ああ、ばかな。
レリング　いや、そうなんだ。この人はね、小作人の小屋を一つ一つまわって、彼の言う《理想の要求》なんてものを説いてたんだ。
グレーゲルス　あの頃はぼくも若かった。
レリング　そう、ひどく若かった。それであの理想の要求ってやつ――わたしが山にいる間は、一度も成功しなかった。
グレーゲルス　そのあとも同じです。
レリング　じゃあ、ちっとは賢くなって、要求額を減らすようになったかな。
グレーゲルス　ほんとうにすぐれた人間には、減らすことなどしません。

ヤルマール　そう、それが当然だと思う。――バターとってくれギーナ。
レリング　モールヴィクにポークを。
モールヴィク　うふ、ポークはだめ！

裏部屋の戸が叩かれる。

ヤルマール　開けてあげてヘドヴィク。おじいさんが出たがってる。

ヘドヴィクは戸のところに行って少し開ける。老エクダルが、剝いだばかりのウサギの皮をぶらさげて入ってくる。そのあとをヘドヴィクが閉める。

エクダル　おはよう諸君！　今日の狩りは最高だった。でかいやつをしとめた。
ヤルマール　皮を剝いじまった、わたしが行く前に――！
エクダル　塩漬けにもしちまった。いい黒肉だウサギはな。砂糖みたいに甘い。ごゆっくり諸*君！（自分の部屋に入る）
モールヴィク　（立ち上がる）失礼――、だめなんです――下に行きます――
レリング　ソーダ水を飲むといい。

モールヴィク　（走っていく）うふ――うふ！（入り口から出ていく）
レリング　（ヤルマールに）老いたる狩人のために乾杯しよう。
ヤルマール　（彼とグラスを合わせ）墓場に片足かけているスポーツマンのために、乾杯。
レリング　白髪頭のために――、（飲む）いや、どうなんだ――じいさんの髪はグレイかね、ホワイトかね？
ヤルマール　ちょうど中間てとこかな。とにかくてっぺんには、髪はあんまり残っていない。
レリング　まあ、鬘の人間も多いからな。いやあ、きみはまったく幸せな男だよエクダル。きみには目指すべき素晴らしい人生の使命がある――
ヤルマール　日々目指している、信じてくれ。
レリング　そしてきみには賢い奥さんがいる。フェルトの靴をはいてしゃなりしゃなり歩きまわり、お尻ふりふりきみの世話をしてくれてる。
ヤルマール　ああギーナ（彼女にうなずく）おまえは、人生を共にする立派な伴侶だ。
ギーナ　そんな、わたしを上げ下げしないで。
レリング　それにきみのヘドヴィク、なあエクダル！
ヤルマール　（感動して）子どもだ、そう！　なによりまず子ども。ヘドヴィク、おいで！（頭を撫でて）明日はなんの日だっけな？
ヘドヴィク　（彼をゆすって）だめ、なにも言っちゃだめお父さん！

ヤルマール　つつましいことしかできないと思うと、ナイフで刺されたように心が痛む、屋根裏部屋でほんの小さなお祝いをするしかないなんてな——

ヘドヴィク　ああ、それがいちばん嬉しいのよ！

レリング　それに素晴らしい発明ができるのを待つだけだからヘドヴィク！

ヤルマール　ああ、そうだ——見ててごらん——！　ヘドヴィク、お父さんはおまえの将来を確かなものにすると決めたんだ。おまえは一生安楽に過ごせる。おまえのために要求する——あれやこれや。それが貧しい発明家の求めるただ一つの報酬*だ。

ヘドヴィク　（彼の首に腕をまわしささやく）ああ、大好きな大好きなお父さん！

レリング　（グレーゲルスに）気分転換にもってこいだと思いませんか、幸せな家庭に招かれて、おいしいご馳走の並んだテーブルについているのは？

ヤルマール　そう、こうやってテーブルについているときが最高だ。

グレーゲルス　ぼくのことを言えば、沼っ気の中では元気が出ない。

レリング　沼っ気？

ヤルマール　またそれを言う、やめてくれ！

ギーナ　ここは沼の臭い*なんかありませんよ若旦那さま。毎日、換気には気をつけてますから。

グレーゲルス　（テーブルを離れ）ぼくが言う悪臭は、あなたに換気できるものじゃありません。

ヤルマール　悪臭！
ギーナ　ほんと、どう思うエクダル！
レリング　失礼だが――それはあんたご自身じゃないのかね、山から悪臭を運んできたのは？
グレーゲルス　わたしがこの家にもたらすものを悪臭と呼ぶとは、いかにもあなたらしい。
レリング　（彼の方に行き）ねえ、ヴェルレ・ジュニアさん。あんたはあの《理想の要求》とやらを、いまもそっくりそのまま尻のポケットに入れて持ち歩いてる、そうわたしは睨んでるね。
グレーゲルス　持っているのは胸の中です。
レリング　ああ、どこに持ってようと勝手だが、わたしがここにいるかぎり、あんたに集金係の役は演じさせない。
グレーゲルス　それでもやったら？
レリング　階段から、まっさかさまに転げ落ちる、わかったかね。
ヤルマール　（立ち上がる）とんでもないレリング！
グレーゲルス　ああ、やれるものならやってごらん――
ギーナ　（二人の間に入って）そんなこと許さないよレリング。でも、若旦那さまにも言っときますよ、ご自分の部屋をストーヴで泥だらけにしながら、ここで悪臭なんていう資格はないんじゃありませんか。

入り口にノックの音。

ヘドヴィク　お母さん、だれかノックしてる。
ヤルマール　まったく、次々と来客だ！
ギーナ　わたしが出る――（行ってドアを開ける、驚いて身を退ける）ああ！　なんて！

毛皮の外套を着た豪商ヴェルレが、一歩中に入る。

ヴェルレ　失礼、うちの息子がここにいると思うんだが。
ギーナ　（息をのんで）はい。
ヤルマール　（近づいて）どうぞ大旦那さん、よろしければ――
ヴェルレ　ありがとう。息子と話がしたいだけ。
グレーゲルス　ええ、なんですか？　ここにいますよ。
ヴェルレ　おまえの部屋で話したい。
グレーゲルス　ぼくの部屋で――ええ――（行こうとする）
ギーナ　いいえ、あそこは、ほんと、まだ片付いてませんから――

ヴェルレ　じゃ、廊下でいい。二人だけで話したい。
ヤルマール　ここでかまいません大旦那さん。居間に行こう、レリング。

ヤルマールとレリングは右手に退く。ギーナはヘドヴィクを連れて台所に去る。

グレーゲルス　（ややあって）さあ、二人だけですよ。
ヴェルレ　おまえはゆうべ大見得を切ったな――。それでエクダルのところで部屋を借りたというのは、なにかおれに敵対する意図を持っていると思えてくる。
グレーゲルス　ぼくの意図は、ヤルマール・エクダルの目を開いてやること。自分がどんな立場にいるか気づかせる――それだけです。
ヴェルレ　それが、昨日言っていた人生の使命か？
グレーゲルス　そう。あなたがぼくに残してくれたのはそれだけ。
ヴェルレ　おれがおまえの心をねじ曲げたというのかグレーゲルス。
グレーゲルス　あなたはぼくの全生涯をねじ曲げた。お母さんのことを言ってるんじゃない――。でも、罪の意識でぼくの良心が苦しんでるのはあなたのお蔭だ、感謝しなければね。
ヴェルレ　ははあ、良心か、具合が悪いのは。
グレーゲルス　エクダル中尉が罠にはめられたとき、ぼくはあなたに反対する声をあげるべきだった。あの人に教えてあげるべきだった、ぼくにはどうなるかわかってたんだから。

グレーゲルス　そう、おまえはたしかに、あのとき口を開くべきだった。

ヴェルレ　できなかった。臆病だから身がすくんだ、あなたがどうしようもなく怖かった――あのとき、それからあともずっと。

グレーゲルス　それがもう、怖くなくなったらしいな。

ヴェルレ　幸いなことにね。エクダル中尉に対して、ぼくと――だれかさんがやったことは、もう決して償えない。でもヤルマールは、彼をだめにしている偽りと汚辱のすべてから解放してやれる。

グレーゲルス　そんなことでなにかよくなると思ってるのか？

ヴェルレ　そう確信しています。

グレーゲルス　写真師のエクダルが、そんな友情に感謝する男だと思ってるのか？

ヴェルレ　そうです！　そういう男です。

グレーゲルス　ふん――まあ、見ていよう。

ヴェルレ　それに――ぼく自身が生きていくためには、この病んだ良心を治す方法を見つけなくちゃならない。

グレーゲルス　それは決してよくならない。おまえの良心は生まれつき病気だったんだ。母親の遺伝だよグレーゲルス、――あれがおまえに残した唯一の遺産だ。

グレーゲルス　（軽蔑の薄笑いで）あなたはお母さんが大した持参金を持ってくると思い違いしていた。その屈辱をまだ認めることができないんですか？
ヴェルレ　関係のないことはやめろ。――おまえは写真師のヤルマールを、おまえが正しいと思っているところに、なんとしてでも引き上げてやると、そう決心したのか。
グレーゲルス　そう、かたく心に決めています。
ヴェルレ　まあ、無駄足だったようだな。家に戻ってくれと言っても聞かないだろう。
グレーゲルス　ええ。
ヴェルレ　事業を手伝うのもだめだな？
グレーゲルス　ええ。
ヴェルレ　わかった。だがおれはいま、再婚しようと思っている。だから互いの間で財産を分けておきたい。
グレーゲルス　（急いで）いいえ、それはいりません。
ヴェルレ　いらない？
グレーゲルス　ええ、良心が許しません。
ヴェルレ　（ややあって）また山の工場に戻るのか？
グレーゲルス　いいえ、ぼくはあなたの仕事から身を引いたつもりです。
ヴェルレ　それで、なにをするつもりだ？

グレーゲルス　人生の使命を貫くだけ。ほかにはなにも。

ヴェルレ　まあ、それからどうする？　どうやって生活する？

グレーゲルス　いささか蓄えがあります。

ヴェルレ　そんなもの、いつまでつづく？

グレーゲルス　ぼくが生きている間はつづく*でしょう。

ヴェルレ　どういう意味だ？

グレーゲルス　もう答えません。

ヴェルレ　じゃ、さようならグレーゲルス。

グレーゲルス　さようなら。

豪商ヴェルレは去る。

ヤルマール　（中をのぞいて）もうお帰りになった？

グレーゲルス　うん。

ヤルマールとレリングが入ってくる。ギーナとヘドヴィクも台所からくる。

レリング　せっかくの朝めしが台無しになった。
グレーゲルス　出かける用意をしてくれヤルマール。一緒に長い散歩に行くんだ。
ヤルマール　わかった。大旦那さんの話はなんだったたんだ？　なにかおれのこと？
グレーゲルス　来ればわかる。話したいことがあるんだ。ぼくはオーバーをとってくるから。（入り口から出ていく）
ギーナ　あの人とは行かないでエクダル。
レリング　そう、行っちゃだめだ、ここにいろ。
ヤルマール　（帽子と外套をとって）なに言ってるんだ！　親友が胸の内を明かしたいと言ってるのに――！
レリング　ばか言うな、――わからないのか、あいつはいかれてるんだ、頭がおかしくなってる、めちゃくちゃなんだ！
ギーナ　そうよ、言うことを聞いて。あの人のお母さんも、ときどきあんな風なおかしな振る舞いをしていた。
ヤルマール　じゃ、なおのこと、友だちがしっかり見てやる必要がある。（ギーナに）昼の食事*は、いつもの時間にちゃんと用意しておいてくれ。じゃ、ちょっと行ってくる。（入り口から出ていく）
レリング　まったくもって残念至極、あの男、ヘイダルの山で地獄に落っこちなかったとはね。

ギーナ　とんでもない――なんでそんなこと言うの？
レリング　（ぶつぶつ）そう、なにかありそうな気がするんでね。
ギーナ　若旦那さん、ほんとに気が違ってると思う？
レリング　いや、残念だが、人並み以上に狂ってるわけじゃない。しかし病気には違いない。
ギーナ　どこが悪いの？
レリング　まあ言ってみればね奥さん。やつは急性の正義要求熱にかかってるんです。
ギーナ　正義要求熱？
ヘドヴィク　それ病気なの？
レリング　そう、これは国民病でね。散発的に発生する。（ギーナにうなずき）どうもご馳走さま！

彼は入り口から出ていく。

ギーナ　（落ち着きなく歩きまわり）うっ、あのグレーゲルス・ヴェルレってのは、――いつだってたまらないサカナ野郎だったよ。
ヘドヴィク　（テーブルのところで、彼女を探るように見る）これは、わたし、とても変だと思う。*

第四幕

ヤルマール・エクダルのアトリエ。ちょうど撮影が済んだところ。布がかぶせられた器具、三脚、椅子が二脚、操作卓などなどが、部屋の前面においてある。午後の光。太陽は沈みかけている。しばらくすると、暗くなり始める。

ギーナは入り口の開いたドアのところで、小さな箱と湿ったガラス盤*を手に持って、外にいるだれかと話している。

ギーナ　はい、大丈夫です。お約束は必ず守ります。月曜には最初の十二枚が出来上がりますから。――さようならさようなら！

人が階段を下りていくのが聞こえる。ギーナはドアを閉め、ガラス盤を箱に入れて、覆いをした器具の中におく。

ヘドヴィク　（台所から出てきて）お客さん帰った？
ギーナ　（片付けて）ああ、よかった、やっと済んだ。
ヘドヴィク　でも、お父さん、どうして帰ってこないんだろう？
ギーナ　レリングのとこに、ほんとにいなかった？
ヘドヴィク　うん、いなかった。お勝手の方から下りて聞いてきたんだけど。
ギーナ　ご飯はできてるのに、冷めてしまう。*
ヘドヴィク　ほんとにね――お父さん、いつだってご飯までにはちゃんと帰ってきたのに！
ギーナ　ああ、すぐに帰ってくるよ、待っててごらん。
ヘドヴィク　ええ、帰ってくればいいんだけど、わたしなんだか変な気がするもんだから。
ギーナ　（叫ぶ）ほら、お父さんだ！

ヤルマール・エクダルが入り口のドアから入ってくる。

ヘドヴィク　（彼の方に）お父さん！　こんなことって、待ってたのよ！
ギーナ　（そちらに目をやり）ずいぶん長い散歩だったねエクダル。
ヤルマール　（彼女を見ないで）ああ、長かった。

彼は外套を脱ぐ。ギーナとヘドヴィクが手伝おうとするが、彼は振り払う。

ギーナ　ご飯、ヴェルレさんと済ませたの？

ヤルマール　（外套を掛けて）いや。

ギーナ　（台所の方に行く）じゃ、支度するね。

ヤルマール　いや、いらない。いまは食べない。

ヘドヴィク　（近づいて）具合悪いのお父さん？

ヤルマール　具合？　ああ、大丈夫。長いつらい散歩だった、グレーゲルスとおれは。

ギーナ　そんなことだめよエクダル、あんた慣れてないんだから。

ヤルマール　ふむ、この世には慣れなくちゃならんことは山ほどある。（あたりを少し歩きまわり）おれの留守中に、客は来たのか？

ギーナ　あの新婚さんの二人だけ。

ヤルマール　新しい注文はなしか？

ギーナ　今日はなかった。

ヘドヴィク　明日はきっとあるよお父さん。

ヤルマール　そうならいいがな。おれは明日から真剣に働く、全部自分でやる。

ヘドヴィク　明日から？　お父さん明日なんの日か忘れたの？

ヤルマール　ああ、そうだった――じゃあ明後日《あさって》からだ。明後日から、仕事はおれが一人で全部やる。

ギーナ　いえ、そんなことしてなんになるのエクダル？　毎日が大変なだけよ。写真はわたしがやるから、あんたは発明に精を出して。

ヘドヴィク　それから野ガモもあるでしょお父さん――それに、ニワトリもウサギも――

ヤルマール　あんなろくでもないもののことは言うな。明日からは絶対に裏の部屋には足を踏み入れない。

ヘドヴィク　だけどお父さん、明日あそこでお祝いするって約束したじゃない――

ヤルマール　ああ、そうだった。じゃ明後日からだ。野ガモなんて、忌々しい、絞め殺してやりたい！

ヘドヴィク　(悲鳴) 野ガモを！

ギーナ　ほんとに、なんてこと言うの！

ヘドヴィク　(彼をゆすって) いやよお父さん――あれはわたしの野ガモよ！

ヤルマール　だからやらない。そのつもりはない――おまえのためだヘドヴィク、そのつもりはない。だが、心の奥ではそうすべきだと思ってる。あいつの手になった生き物がこの屋根の下にいるのは耐えられない。

ギーナ　でも違うよ、あれはおじいさんが、あの嫌なペッテルセンからもらってきたんだから、――

ヤルマール　（歩きまわり）この世には要求というものがある――。なんて呼べばいい？　言ってみれば――理想の要求だ、――それを無視すれば魂に傷がつく、*そういう要求だ。

ヘドヴィク　（彼のあとについて行き）だって、野ガモよ――かわいそうな野ガモよ！

ヤルマール　（止まって）言っただろ、あれは助ける――おまえのためだ。毛筋一本傷めはしない――さあ、約束する、あれは助ける。そんなことより、もっと真剣に考えなくちゃならん使命がある。でも、いつものように、ちょっと外に行っておいでヘドヴィク。いまの薄暗さはおまえにちょうどいい。

ヘドヴィク　いいえ、いまは行きたくない。

ヤルマール　いや、行くんだ、目が細くなってるじゃないか。この部屋は湿気が多くておまえにはよくない。この屋根の下じゃ空気がよどんでる。

ヘドヴィク　ええ、ええ、じゃお勝手の階段から下りて、ちょっとの間だけ行ってくる。オーバーと帽子は――？　ああ、わたしの部屋だ。お父さん――わたしのいない間に野ガモを傷つけるなんて、ぜったいにしないでよ。

ヤルマール　頭の毛一本だって抜いたりはしない。（彼女を抱き寄せ）おまえとお父さんはヘドヴィク、――二人だけは――！　さあ、行っといでおまえ。

ヘドヴィクは両親にうなずいて、台所から出ていく。

ヤルマール　（下を向きながら、歩きまわる）ギーナ。
ギーナ　なに？
ヤルマール　明日から――いや、明後日からか――家計簿はおれが自分でつける。
ギーナ　家計簿もつけたいの？。
ヤルマール　そう、とにかく収入には目をとおす。
ギーナ　ああ、なんで。そんなことなんでもないよ。
ヤルマール　そうでもないいんじゃないか。おまえにかかると、お金もすごく長持ちするみたいだからな。（止まって彼女を見る）どうしてなんだ？
ギーナ　わたしとヘドヴィクにはそんなにかからないからね。
ヤルマール　親父が大旦那のためにやってる筆耕の仕事、かなりの金をもらってるというのはほんとうか？
ギーナ　かなりかどうかわからないよ、相場を知らないから。
ヤルマール　それで、だいたいどれくらいもらってる？　言ってみろ！
ギーナ　ときどきで違うけど、だいたいおじいさんにかかる費用に、ちょっとしたお小遣いくらい。

ヤルマール　親父にかかる費用？　おまえなにも言わなかった！
ギーナ　言えなかったの。あんた、おじいさんの費用は全部自分から出てると思って喜んでたから。
ヤルマール　じゃあ、親父は大旦那に養われてるってわけか！
ギーナ　ああ、大旦那さんにはなんでもないことよ。
ヤルマール　ランプをつけろ！
ギーナ　（つける）それも、大旦那さんが決めてることかどうかわからない、グローベルグってこともあるでしょ――
ヤルマール　どうしてグローベルグを出して話をそらすんだ？
ギーナ　知らないよ、ただ思っただけ――
ヤルマール　ふん！
ギーナ　わたしじゃないんだから、おじいさんに筆耕の仕事を世話したのは。ベルタがここに来たときに決めたのよ。
ヤルマール　声が震えてるようだな。
ギーナ　（ランプに覆いをつけ）そう？
ヤルマール　それに手も震えてる。違うか？
ギーナ　（しかと見て）はっきり言ってよエクダル。あの人、わたしのことでなにを言ったの？

ヤルマール　これはほんとうか——こんなことがほんとうなのか、——。おまえがお屋敷で働いていたとき、大旦那とある種の関係があったというのは？

ギーナ　そうじゃない。あのときはなかった。違う。大旦那さんがわたしを追い回していたのは事実。だから奥さまはなにかあると思われたんでしょ。あれこれとねちねち、がみがみ、ぶったりつねったりもした、そうなの——それであそこをやめた。

ヤルマール　しかしそのあとは！

ギーナ　ええ、家に戻った。そしたらお母さんが——うちのお母さん、あんたが思ってたほどいい人じゃないのよエクダル。あれこれわたしの口利きをしたの、大旦那さん、もう男やもめになってたから。

ヤルマール　じゃあ、それで！

ギーナ　そう、言ってしまう方がいいね。あの方、思いを途中であきらめたりはしない人よ。

ヤルマール　（両手を叩き）これがヘドヴィクの母親か！　よくもそんなこと、隠しておけたもんだ！

ギーナ　ああ悪かったよ、もっと前に言うべきだった。

ヤルマール　すぐに言うべきだった——そうすればおまえがどんな女かわかった。

ギーナ　それでも結婚してくれた？

ヤルマール　そんな考え、どこから出てくるんだ！

ギーナ　だろ、だからあのとき言わない方がいいと思った。だって、あんたがとっても好きになってたから。せっかくの幸せを逃したくなかった——

ヤルマール　（歩きまわる）これがおれのヘドヴィクの母親か！　ここで目にするものは全部——（椅子をける）——この家のものはなにもかも——あのお情け深いモト愛人*のお蔭をこうむってるのか！　ああ、あの女たらしのヴェルレ旦那め！

ギーナ　あんた、わたしと暮らしたこの十四、五年を悔やんでるというの？

ヤルマール　（彼女の前に立って）言ってみろ、おまえは毎日、いや毎時間、おれのまわりにクモの巣のように隠しごとの網の目をはりめぐらせて、なんの悔やみも感じてはいなかったのか？　答えろ！　おまえはほんとうに心が痛んで苦しくはなかったのか？

ギーナ　ああエクダル、家のこととか、その日その日のことで頭がいっぱいだったから——

ヤルマール　それじゃ、昔のことは一度もちゃんと振り返ることがなかったというのか！

ギーナ　ええ、ほんとにわたし、あんな昔の話はすっかり忘れてたよ。

ヤルマール　ああ、なんという愚鈍さ、無神経、平然としてる！　おれの心は煮えたぎっているというのに。なんということだ——後悔の思い一つない！

ギーナ　でもねエクダル、もしわたしみたいな女房と一緒でなかったら、あんたどうなってたと思う？

ヤルマール　おまえみたいな——？
ギーナ　ええ、だってわたしはいつだって、あんたより少しはしっかりしてるでしょ。まあ、それは当然だけど、わたしの方が二つも年上*なんだから。
ヤルマール　おれがどうなってたかって？
ギーナ　だって、はじめて会った頃のあんた、なにもかもめちゃくちゃな生活してた。違うとは言えないでしょ。
ヤルマール　おまえ、あれをめちゃくちゃと言うのか？　おまえなんかにわかるもんか、男の悲しみ、絶望というものがどんなものか——おれのような情熱あふれた男のな。
ギーナ　ええ、ええ、そうでしょ。なにもとやかく言おうてんじゃないの。家庭をもった途端、あんたほんとにいい人になった。——いまわたしたち気持ちよく、幸せに暮らしてる。それにヘドヴィクもわたしも、食べ物や着るものにそんなに不自由しないで済むようになった。
ヤルマール　偽りの沼地でな、そう。
ギーナ　うっ、あの胸糞悪いやつが、ここに入り込んだばっかりに！
ヤルマール　家庭は安住の地だ、そう思ってた。だが幻想だった。この現実の世界で発明を成し遂げるためには欠くことのできない心の張りというものを、おれはどこに求めればいい？　それはもうおれにはなくなる。おまえの過去がギーナ、それを殺した。

ギーナ　（泣きそうになり）いいえ、やめてよそんなこと言うのエクダル。わたしはこれまで、いつもいつも、あんたにいちばんいいようにと心がけてきたのよ！

ヤルマール　おれは訊ねたい、――いまや、わが家を建て直すという夢はどうなるのか？　おれはそこのソファに横になって発明に専心していたとき、おれは感じていた、これがおれの最後の力まで使い果たすだろうと。おれは思っていた、発明の特許をとったその日は――その日はおれの――別れの日になると。そして、おまえは亡き発明家の裕福な未亡人として生きていく、それがおれの夢だった。

ギーナ　（涙をふいて）ああ、そんなこと言わないでエクダル。神さま、わたしがやもめになる日なんて、決してきませんように！

ヤルマール　ああ、あれもこれも。すべてお終いだ。すべてが！

グレーゲルスが、そっと入り口のドアを開け、中をのぞく。

グレーゲルス　入っていいか？

ヤルマール　うん、いい。

グレーゲルス　（満足そうに輝いた顔*で入ってきて、彼らに手を差し伸べる）ああ、親愛なる――（二人を交互に見て、ヤルマールにささやく）じゃ、まだ済んでないのか？

ヤルマール　（はっきりと）済んだ。
グレーゲルス　そう？
ヤルマール　おれは人生最大のつらさを味わった。
グレーゲルス　だが最高の心の高まりでもあっただろ。
ヤルマール　まあ、いまのところはとにかく、済んだ。
ギーナ　神さまにお許しを若旦那さま。
グレーゲルス　（大いにいぶかって）だけどわからないな。
ヤルマール　なにがわからないんだ？
グレーゲルス　大きな心の転換、――その転換の上に、新しい人生の歩みが始まる、――人生の歩み、共同生活が、真実のうちに、なんの偽りもなしに――
ヤルマール　ああ、わかってる。よくわかってるよ。
グレーゲルス　ぼくは確信してた、部屋に入ると、きみたち夫婦の体から後光がさしてきて、目がくらむんじゃないかと。だのに見るのは、やっぱり、このよどんだ、重苦しく、どんよりした――
ギーナ　ああそう。（ランプの覆いをとる）
グレーゲルス　あなたにはわからないでしょう奥さん。ええ、ええ。すぐにというわけには――。でもきみはどうだヤルマール？　大きな心の転換によって、聖なる高みに立ったに違いない。

ヤルマール　ああ、もちろん立った。まあ――ある意味でだが。

グレーゲルス　過ちを犯した女を許し、深い愛情で包んで、自分と同じところまで高めてやることくらい、素晴らしいことはこの世にないんだから。

ヤルマール　あんな苦い汁を飲んで*、そう簡単に立ち直れると思うのか？

グレーゲルス　思わない、普通の人間ならそうだろう。しかしきみのような男は――！

ヤルマール　ああまったく、わかってるよ。でもそうせかさないでくれグレーゲルス。そのうちにね。

グレーゲルス　きみの中には、まだまだ野ガモが住んでるねヤルマール。

レリングが入り口から入ってくる。

レリング　おや、野ガモがまたどうかしました？

ヤルマール　ヴェルレの大旦那に羽を撃ち抜かれた狩りの獲物、そう。

レリング　ヴェルレの大旦那――？　大旦那のことか、話してたのは？

ヤルマール　大旦那のこと、それに――ほかのことも。

レリング　（グレーゲルスに低く）あんたなんかくたばっちまえばいい！

ヤルマール　なんて言った？
レリング　いかさま治療師は、さっさとひきとってもらいたい、心からそう願ってるね。ここに居座られると、あんたたち二人ともめちゃくちゃにされてしまうよ。
グレーゲルス　そうはなりませんよレリングさん。ヤルマールのことは言いません。みんな彼のことはよく知ってますから。でも奥さんも、根は純真でしっかりしてます——
ギーナ　（泣きかけて）わたしのことはほっといてください。
レリング　（グレーゲルスに）失礼ながらお聞きしますが、いったいあんたはこの家でなにをしたいんです？
グレーゲルス　嘘のない結婚生活を築くこと。
レリング　じゃ、いまのエクダルの結婚には、よくないところがあるとお考えなんですね？
グレーゲルス　ほかの大方の結婚と、そう変わりません。でも真実の結婚にはまだなっていない。
ヤルマール　きみには理想の要求ということがわからないんだレリング。
レリング　ナンセンスだ坊や！——失礼をこうむってお聞きしますがヴェルレさん、何組くらい——おおよそでいいんですが——何組くらい、真実の結婚とやらを、これまでに目にしたことがおありですか？
グレーゲルス　一組もないと思います。
レリング　わたしもだ。

グレーゲルス　でも逆の例は嫌というほど見てきました。そういう結婚が二人の人間をどんなにだめにするか、間近に見る機会はありました。
ヤルマール　自分を支えていた道徳的基盤が全部、足元から崩れていく、たまらないことだよ。
レリング　ああ、おれは実際のところ、結婚したことがないから、そういうことにあれこれ言えるとは思わない。だがおれにも言えるのは、家庭には子どももいるってことだ。子どもには心配させちゃいけない。
ヤルマール　ああ——ヘドヴィク！　おれのかわいそうなヘドヴィク！
レリング　そう。ヘドヴィクは、お願いだから、巻き込むんじゃない。きみたち二人はおとなだから、まったく、好きに騒ぐがいい。だがヘドヴィクには気をつけろ、言っとくよ。そうじゃないと、あの子を不幸な目にあわせることになる。
ヤルマール　不幸な目に！
レリング　そうだ、それとも自分から不幸になるとか。——あるいはほかのものを。
ギーナ　でも、どうしてそんなことわかるのレリング？
ヤルマール　なにか、目が危ないっていうんじゃないだろうね？
レリング　目のことじゃない。だけどヘドヴィクは難しい年頃なんだ。変なことを思いついたりする。
ギーナ　そうなの——変なことするのあの子！　台所でおかしな火遊びを始めてる、火付け

レリング　ごっこなんて言って。家を火事にしないか心配したことが何度もある。
グレーゲルス　ほうらね。おれにはわかってた。
レリング　（レリングに）でも、そんなこと、どう説明します？
ヤルマール　（むっつりしていて）あの子は声変わりの時期*なんだよおやじさん。
ヘドヴィクにはおれがいるかぎり――！　おれがこの世に存在するかぎり――！

ドアを叩く音。

ギーナ　しっ、エクダル。だれか入り口に来てる。（呼ぶ）どうぞ！

セルビー夫人が、外套姿で、入ってくる。

セルビー夫人　こんばんは！
ギーナ　（彼女を迎え）まあ、あなたなのベルタ*！
セルビー夫人　ええそう、わたし。でも、ご都合がよくなかったかしら？
ヤルマール　いいえちっとも。お屋敷からなにか――
セルビー夫人　（ギーナに）実を言うと、この時間なら殿方たちに会わずに済むと思って。あなたにちょっとお別れを言おうと思って寄ったの。

ギーナ　そう？　旅行に行くの？

セルビー夫人　ええ、明日の朝――ヘイダルにね。大旦那さまは今日の午後に発たれた。（グレーゲルスに向かって）あなたにくれぐれもよろしくって。

ギーナ　まあ、そんなこと――！

ヤルマール　大旦那さんが出発された？　それで、あなたもあとから？

セルビー夫人　ええ、どう思うエクダル？

ヤルマール　あの人には気をつけるよう忠告しますね。

グレーゲルス　説明しよう。親父はセルビーさんと結婚する。

ヤルマール　二人は結婚する！

ギーナ　まあベルタ。とうとうね！

レリング　（やや声が震えて）まさか、嘘だろ？

セルビー夫人　いいえレリング、ほんとよ。

レリング　いまになってまた結婚する？

セルビー夫人　ええ、そのとおり。ヴェルレは特別な許可*をもらったから、工場のある山で静かに式を挙げる。

グレーゲルス　では素直な継息子《ままむすこ》として、お幸せを祈ります。

セルビー夫人　ありがとう、それが本心ならね。ヴェルレもわたしも幸せになるよう願ってる。
レリング　それは安心していい。ヴェルレの旦那は酔っぱらうまで飲んだりはしない――おれが保証する。それに、きみの死んだ馬医者みたいに、女房をなぐったりもしないだろう。
セルビー夫人　セルビーのことはほっといてちょうだい。あの人にもいいところはあったの。
レリング　しかしヴェルレの旦那にはもっといいところがある、ってわけ。
セルビー夫人　あの人は、とにかく、自分のいちばんいいところを無駄にしたりはしなかった。そんなことをするものは、その報いを受けます。
レリング　おれは今晩、モールヴィクと出かけるぞ。
セルビー夫人　だめよレリング。やめてちょうだい、――わたしのために。
レリング　やめませんね。（ヤルマール）きみも来るなら、一緒に行こう。
ギーナ　結構。エクダルはそういうへんてこなことには行きません。
ヤルマール　（怒って、低く）黙ってろ！
レリング　さようならヴェルレ――夫人。（入り口から出ていく）
グレーゲルス　（セルビー夫人に）あなたとドクトル・レリングとは、かなり親しかったようですね。
セルビー夫人　ええ、お互い長い付き合いでした。一度は、二人がどうかなりかけたこともありました。

グレーゲルス　そうならなくて、あなたにはよかったですね。
セルビー夫人　ええ、そう言えるでしょうね。でもわたしはいつも、そのときの衝動に従うことはしないよう気をつけてるつもり。女はやはり、わが身を放り出すことはできませんから。
グレーゲルス　あなたが昔親しくしていた仲のことを、ぼくが父に告げ口しないか、全然気にならないんですか。
セルビー夫人　わたし、自分で話してあります、だからご心配なく。
グレーゲルス　そう？
セルビー夫人　お父さまは、わたしのことで人に知られていることは、なにもかもご存じ。わたしが全部話しました。わたしに気があるところを見せられたとき、まず最初にしたのがそれ。
グレーゲルス　あなたは、人並み以上に隠しごとのない人なんですね。
セルビー夫人　わたしはいつだって隠しごとなしでいます。女はそれがいちばんなの。
ヤルマール　どうだギーナ？
ギーナ　ああ、女といってもいろいろよ。あっちをとる人もいれば、こっちをとる人も。
セルビー夫人　でもねギーナ。わたしは自分のとった道がいちばんよかったと思ってるの。ヴェルレも自分についてはなに一つ隠し立てしていない。そう、それが二人を結び付けてるいちばんの絆。あの人、わたしの前では子どもみたいにあけっぴろげなの。そういうことがいままでできなかったのね。あの頑丈で精力にあふれた人、若いとき、人生のいちばん大事なときにずっと、聞かされていたのは犯した罪のお説教ばかり。でも説教されていたのは、大方が、罪を犯したと思いこまされていただけのこと――わたしに言わせれば。

ギーナ　そう、そうよ、あなたの言うとおり。

グレーゲルス　ご婦人がたは、お二人だけでお話ししたいようですから、ぼくは引き下がります。

セルビー夫人　そんなことありません、どうぞここにいらして。もう話すことはありません。でも、わたしには、隠しごとや企みのようなことは、なにもないとあなたにわかってもらいたいだけ。わたしはとても幸運だと思うでしょうね　たしかにある意味ではそう。でも、わたしはいただくだけのことはお返しするつもり。決してあの人から離れません、ほかのだれもできないほどあの人には尽くすつもり。あの人、いまに一人では生きてゆけなくなるんですから。

ヤルマール　一人で生きてゆけない？

グレーゲルス　（セルビー夫人に）ああ、ああ、それは黙ってて*。

セルビー夫人　これ以上隠したって始まらない、あの人は隠したがってるけど。目が見えなくなるのあの人。

ヤルマール　（おどろいて）見えなくなる？　不思議だ。目が見えなくなるあの人も？
ギーナ　そんな人大勢いる。
セルビー夫人　それが実業家にはどういうことかわかるでしょう。だから、わたしはできるだけ、あの人の目になってあげるつもり。じゃあお暇《いとま》するね。とても忙しいの。——あなたに伝えたかったのはねエクダル、なにかヴェルレにできることがあれば書記のグローベルグに遠慮なく言ってちょうだいってこと。
グレーゲルス　ヤルマール・エクダルは、そんな申し出はありがたく断るでしょう。
ヤルマール　そう？　以前は、そんなことなかったんじゃ——
ギーナ　そうなのベルタ、エクダルはもう大旦那さまのお世話はいらないの。
セルビー夫人　（ゆっくりと、力を込めて）未来の夫にお伝えください、そのうち書記のグローベルグのところに出向くつもりですと——
グレーゲルス　なんだって！　そんなことをきみ？
ヤルマール　——書記のグローベルグのところに出向いて、いいですか、大旦那さんに借りている金額を計算してもらいます。わたしの名誉を担保に借りた金——、はっはっは、名誉借金だ！　そんなことはいい。すっかり払ってやる、五分の利息をつけて。
ギーナ　だけどエクダル、そんなお金、ほんと、どこにあるの？
ヤルマール　あなたの許婚《いいなずけ》にお伝えください。わたしは休みなく発明に精を出します。この困難な仕事にあって、わたしの心を支えているのは、ただ債務の苦痛から逃れたい、そういう望みだけだとお伝えください。発明に努力しているそれが理由です。発明で得た利益はすべて、あなたの未来の夫から受けている経済的重荷から解放されるために用います。

セルビー夫人　なにかあったのねこの家で。

ヤルマール　ええ、そうです。

セルビー夫人　まあ、じゃさようなら。あんたにちょっと話があったんだけどギーナ、また今度にする。さようなら。

ヤルマールとグレーゲルスは黙って挨拶し、ギーナはドアまでセルビーに従う。

ヤルマール　敷居から出るなギーナ！

セルビー夫人は去り、ギーナがドアを閉める。

ヤルマール　どうだグレーゲルス、やっとこの債務の重荷から抜け出ることができた。

グレーゲルス　もうすぐにねとにかく。

ヤルマール　おれのしたことは、正しいと言えるだろ。
グレーゲルス　きみはぼくの思ってたとおりの男だ。
ヤルマール　ある場合には、理想の要求を無視することはできない。一家を支えるものとして、どんなに苦しくてもそれに耐えていく。だって、わかるだろ、貧しい男にとって、いわば忘却の塵に埋もれたような長年の債務を払うことは、まったく冗談ごとじゃないんだ。だが、かまうことはない。おれという人間が正しい行為を求めている。
グレーゲルス　（彼の肩に手をおいて）ねえヤルマール、――ぼくが来てよかっただろ？
ヤルマール　うん。
グレーゲルス　すべてが明らかになったのは――よかっただろ？
ヤルマール　（やや落ち着かなく）ああもちろんだよ。だけど、おれの正義感を傷つけることが一つある。
グレーゲルス　どういうこと？
ヤルマール　つまりね、――そう、きみのお父さんのことで、率直な意見を言ってもいいか。
グレーゲルス　ぼくに気兼ねはいらない。
ヤルマール　そうか。じゃ言うがね、どうにも承服できないのは、いま真実の結婚を成し遂げたのは、おれじゃなくて大旦那さんだってことだよ。
グレーゲルス　いや、どうしてそんなことが言えるんだ！

ヤルマール　だってそうだろ。きみのお父さんとセルビーさんは、お互い完全な信頼の上で、完全に心を開いて結婚の契約を交わそうとしている。隠しごと一つない、明白な仲だ。そう言ってよければ、互いに罪を許し合ってるわけだろう。
グレーゲルス　それで、どうなんだ？
ヤルマール　だってそれだろ肝心なのは。きみ言ったじゃないか、真実の結婚を築くのが難しいのはそれだって。
グレーゲルス　しかし、これは全然違うよヤルマール。きみと奥さんをあの二人に比べるつもりじゃないだろう――？　ねえ、わかるね。
ヤルマール　だけど、これがおれの正義感を傷つけるってことは頭から離れない。神の摂理がまったく正しいとは言えない気になってくる。
ギーナ　まあエクダル、神さまのことをそんな風に言うもんじゃない。
グレーゲルス　ふむ、そういう問題はやめておこう。
ヤルマール　しかし別の面から見ると、やはり運命の正しい手先を感じるのも事実だ。やつは目が見えなくなる。
ギーナ　ほんとはどうかわからないよ。
ヤルマール　疑いない。疑うべきではないとにかく。だって、その事実にこそ、正義の報いがあるんだからね。やつはかつて、罪もない仲間の目を見えなくした――

グレーゲルス　残念だが、父は多くの人間の目を見えなくした。
ヤルマール　そしていま、逃れられない謎に満ちた運命の力によって、大旦那は目を要求される。
ギーナ　そんな。気味の悪いこと言わないで！　怖くなる。
ヤルマール　ときには、存在の闇の中に身を沈めるのも役に立つ。

ヘドヴィクが、帽子とオーバーを着たまま、嬉しそうに息を弾ませて入り口から入ってくる。

ギーナ　もう戻ったの？
ヘドヴィク　ええ、もう外はやめ。でもよかった、門のところで人に会った。
ヤルマール　セルビーさんだろ？
ヘドヴィク　そう。
ヤルマール　（行き来しながら）あの人に会うのも最後だろう、そう願いたい。

沈黙。ヘドヴィクは気落ちした感じで、まわりの様子を知ろうとして一人一人を見る。

ヘドヴィク　（機嫌をとろうとして近づく）お父さん。

ヤルマール　ああ、――なんだヘドヴィク？

ヘドヴィク　セルビーさん、わたしに持ってきてくれたものがある。

ヤルマール　（止まって）おまえに？

ヘドヴィク　ええ、なにか、明日のためみたい。

ギーナ　ベルタは、いつもおまえの誕生日にはなにか持ってきてくれる。

ヤルマール　なんなんだそれは？

ヘドヴィク　いいえ、いまは教えない。明日の朝、お母さんがわたしに渡してくれるの。

ヤルマール　ああ、なんにでもおれをのけものにして！

ヘドヴィク　（あわてて）いいえ、見てもいいのよ。大きな手紙なの。（外套のポケットから手紙を取り出す）

ヤルマール　手紙もか？

ヘドヴィク　ええ、手紙だけなの。ものはあとで来るのね。でもまあ――手紙なんて！　わたし、手紙をもらうの初めて。表に、（読む）ヘドヴィク・エクダル嬢*って書いてある。ねえ――これわたしでしょ。

ヤルマール　見せてごらん。

ヘドヴィク　（差し出す）ええ、どうぞ。

ヤルマール　大旦那の手だ。
ギーナ　ほんとエクダル？
ヤルマール　自分で見てみろ。
ギーナ　わたしにわかるはずないでしょ。
ヤルマール　ヘドヴィク、これ開けてもいいか——読んでも？
ヘドヴィク　ええ、好きにしていい。
ギーナ　いいえ、今晩はやめたらエクダル。明日のためなんだから。
ヘドヴィク　（低く）でも読ませてあげよう！　きっといいことが書いてある、お父さんまた嬉しくなって陽気になるかも。
ヤルマール　それじゃ、開けていいね？
ヘドヴィク　ええどうぞお父さん。なにが書いてあるか、見るの楽しみ。
ヤルマール　よし。（手紙を開け、紙片を取り出して読んでいき、戸惑って）なんだこれは——？
ギーナ　なんて書いたるの？
ヘドヴィク　そう、お父さん、——言ってよ！
ヤルマール　黙って。（もう一度ずっと読んで、青くなる、だが自分を抑えて言う）ここには、贈りものが書いてあるヘドヴィク。
ヘドヴィク　まあ、ほんとに！　なにがもらえるの？

ヤルマール　自分で読んでみろ。

ヘドヴィクはランプのところに行き、しばし読む。

ヤルマール　（低く、手をくねらせ）目だ！　目だ――それでこの手紙！

ヘドヴィク　（読むのをやめて）ええ、でも受け取るのはおじいさんみたいよ。

ヤルマール　（ヘドヴィクから手紙をとり）ギーナ、――わかるかこれが？

ギーナ　わかるはずないでしょ。言ってよ。

ヤルマール　大旦那はヘドヴィクにこう書いている、この子の年老いたじいさんはもう筆耕の仕事をしなくていい。だが今後事務所から月々百クローネ*受け取ると――

グレーゲルス　ははあ！

ヘドヴィク　百クローネよお母さん！　わたしも読んだ。

ギーナ　おじいさんにはありがたいね。

ヤルマール　――百クローネ、親父が必要とするかぎり。――ということは、もちろん親父がお陀仏するまでってことだ。

ギーナ　まあ、それじゃおじいさん、楽に過ごせるね。

ヤルマール　だがつづきがある。そこを読んでないだろうヘドヴィク。おじいさんのあとに、その贈りものはおまえがもらうことになる。
ヘドヴィク　わたしが！　全部？
ヤルマール　おまえは一生、同じ額を保証される、やつはそう書いてる。聞いてるかギーナ？
ギーナ　ああ、聞いてるよ。
ヘドヴィク　なんてこと――そのお金全部、わたしがもらう！（彼をゆすり）お父さんお父さん、嬉しくない――？
ヤルマール　（彼女を避けて）嬉しい！　（歩きまわりながら）ああなんという広々たる、なんという果てしない光景が目の前に現れてくるんだ！　ヘドヴィクだ、この子なんだ、あいつがどこまでも面倒を見ようというのは！
ギーナ　ええ、だってヘドヴィクの誕生日だから――
ヘドヴィク　それに、どうせお父さんものよ！　安心して、お金はみんなお父さんとお母さんに渡すから。
ヤルマール　お母さんに、そう！　そういうことだ。
グレーゲルス　ヤルマール、これはきみにしかけられた罠だ。
ヤルマール　これも罠？　そう思うのか？
グレーゲルス　親父は今朝ここに来たときぼくに言ったよ、ヤルマール・エクダルはおまえが思っているような男じゃないと。

ヤルマール　男じゃない――！
グレーゲルス　いまにわかると言った。
ヤルマール　おれは、金なんぞに騙される男じゃないことを見せてやる――！
ヘドヴィク　だけどお母さん、これどういうこと？
ギーナ　向こうに行って、オーバーを脱いどいで。

ヘドヴィクは泣きそうになりながら台所ドアから去る。

グレーゲルス　そうだヤルマール、いまはっきりわかる、親父とぼくとどちらが正しいか。
ヤルマール　（ゆっくりと手紙を二つに裂いて、両方をテーブルにおいて言う）これがおれの返答だ。
グレーゲルス　思ってたとおりだ。
ヤルマール　（ストーヴのそばにいるギーナのところに行き、抑えた声で言う）さあ、もう隠しごとはなしだ。おまえは、大旦那との仲が終わっていて、そのときに――おれを好きになってたのなら、おまえの言い草で、――それならどうしてやつは、おれたちが結婚できるように世話をやいたんだ？
ギーナ　ここに出入りできると思ったんでしょ。
ヤルマール　それだけか？　ほかにも、あることを恐れたんじゃないのか？

ギーナ　なにを言ってるのか、わたしにはわからないよ。
ヤルマール　言ってみろ――おまえの子どもは、おれの家に住む権利があるのか？
ギーナ　（体を起こし、眼を光らせ）そんなことを、聞こうっていうの！
ヤルマール　はっきり答えろ、ヘドヴィクはおれの子か――それとも――？　どうなんだ！
ギーナ　（ひややかに反抗して、彼を見る）わからない。
ヤルマール　（やや身を震わせ）わからない！
ギーナ　どうしてわかる？　わたしみたいなものに――
ヤルマール　（ゆっくりと、彼女から身をそむけ）それなら、おれはもう、この家に用はない。
グレーゲルス　よく考えるんだヤルマール！
ヤルマール　（外套を着て）おれのような男に、これ以上考えることはない。
グレーゲルス　あるよ、すごくたくさんある。きみたち三人は一緒にいなくちゃいけない、大いなる許しの心で、犠牲の精神を勝ち取ろうとするならね。
ヤルマール　そんなことしたくもない、絶対に、絶対に！　おれの帽子！（帽子をとる）おれを支える家庭は崩れ落ちた。（どっと涙あふれ）グレーゲルス、おれには子どもがいない！
ヘドヴィク　（台所のドアを開けていたが）なにを言うの！（彼のところに行く）お父さんお父さん！

ギーナ　見てごらん！

ヤルマール　近寄るなヘドヴィク！　離れてろ。おまえを見る勇気がない。ああ、その日だ——！　さようなら。（ドアの方に行こうとする）

ヘドヴィク　（彼にしがみつき、悲鳴）いや！　いやよ！　わたしを捨てていかないで！

ギーナ　（叫ぶ）この子をごらんよエクダル！　この子をごらん！

ヤルマール　いやだ！　できない！　出ていく——全部捨てていく！

彼はヘドヴィクを引き離して、入り口から出ていく。

ヘドヴィク　（絶望の目つきで）わたしたちを捨てていくお母さん！　わたしたちを捨てていく。お父さんもう帰ってこない！

ギーナ　泣くんじゃないヘドヴィク。お父さんは帰ってくるよ。

ヘドヴィク　（泣きじゃくりながら、ソファに身を投げる）いえいえ、もう二度とここには戻ってこない。

グレーゲルス　なにもかも良かれと思ってしたのは、わかってもらえますか奥さん？

ギーナ　（ソファに横になって）まあ、わかりますがね、でもあなたに神さまのお許しがあればいいですが。

ヘドヴィク　ああ、こんなこと、わたし死んじゃう！　わたしお父さんになにをしたの？　お母さん、お父さんを連れ戻して！

ギーナ　ああ、ああ、ああ。心配しなくていい。お父さん探しに行ってくる。（外套を着て）きっとレリングのとこよ。だから、そんなとこで泣いてちゃだめ。わかった？

ヘドヴィク　（涙を無理に抑えて）ええ、我慢する、お父さんが帰ってきさえすれば。

グレーゲルス　（出ていこうとするギーナに）いまはヤルマールに、この苦しい戦いをとことん戦わせた方がいいんじゃありませんか？

ギーナ　そんなこと、あとでもできます。それよりまず、この子を安心させなきゃ。（入り口から出ていく）

ヘドヴィク　（身を起こし、涙をふく）ねえ教えてください、これはどういうことか。どうしてお父さん、もうわたしのことかまわないの？

グレーゲルス　それは、大きくなってからわかることだよ。

ヘドヴィク　（すすり泣き）でも、大きくなるまでこんなたまらない気持ちではいられない。――わたしわかってるどういうことか。――多分わたし、お父さんのほんとうの子どもじゃないのよ。

グレーゲルス　（不安になり）どうしてそんなこと？

ヘドヴィク　お母さんがわたしを拾ってきたの。いまになってお父さんにそれがわかったのよ。

グレーゲルス　そんな話、読んだことがある。

ヘドヴィク　まあ、もしそうだとして――

グレーゲルス　ええ、だからって、お父さんがわたしを可愛く思うのは変わらないと思う。ええもっとよ。野ガモも人からもらってきたんだけど、わたしとても可愛がってる。

ヘドヴィク　（話を変えて）そう野ガモ、そうだね！　少し野ガモの話をしようヘドヴィク。

グレーゲルス　かわいそうな野ガモ。お父さんはもう見たくもないというの。そうなの、野ガモを絞め殺したいって。

ヘドヴィク　ああ、そんなこと、もちろんしないよ。

グレーゲルス　ええ、でもそう言った。そんなこと言うなんてお父さんひどいと思う。だってわたし、毎晩、野ガモのためにお祈りをして、死なないように、なにも悪いことのないようにってお願いしてるのよ。

ヘドヴィク　（彼女を見て）晩のお祈りをしてる？

グレーゲルス　そう。

ヘドヴィク　だれかにそうするように勧められたの？

グレーゲルス　自分でしてる。それはね、一度お父さんが病気になって、首のところにヒルが吸いついたんですって。そのとき死神が近づいたって言ってた。

ヘドヴィク　それで？

ヘドヴィク　それで、寝る前にお父さんのためにお祈りをしたの。それからは、ずっとそうしてる。
グレーゲルス　それで野ガモのためにもお祈りしてる？
ヘドヴィク　野ガモにはそれがいちばんいいと思った。だってはじめはひどい病気だったから。
グレーゲルス　それじゃ、朝のお祈りもしてる？
ヘドヴィク　いいえ、それはしてない。
グレーゲルス　どうして朝のお祈りはしなくていいの？
ヘドヴィク　朝は明るいでしょ。だから怖いものはなにもない。
グレーゲルス　でも、あなたがそんなに可愛がってる野ガモを、お父さん絞め殺したいって。
ヘドヴィク　いいえ。そうするのがいちばんだって言っただけ。でも、わたしのために助けるって。お父さん優しいの。
グレーゲルス　（少し近づき）でも、いまあなたが、自分から進んで、お父さんに野ガモをささげたら？
ヘドヴィク　（身を起こして）野ガモを！
グレーゲルス　お父さんのために、この世であなたが持っているいちばん大切なものをささげたら？
ヘドヴィク　それが役に立つと思います？

グレーゲルス　やってごらんヘドヴィク。
ヘドヴィク　（ゆっくりと、目を輝かせて）ええ、やってみる。
グレーゲルス　ちゃんと自分でできると思う？
ヘドヴィク　おじいさんに頼んで、野ガモを撃ってもらう。
グレーゲルス　ああ、それがいい。でもこのことは、お母さんには黙ってた方がいい。
ヘドヴィク　どうして？
グレーゲルス　お母さんには、ぼくたちのことはわからない。
ヘドヴィク　野ガモね？　明日の朝やってみる。

ギーナが入り口から入ってくる。

ヘドヴィク　（彼女に向かって）見つかったお母さん？
ギーナ　ううん。でもレリングのとこから一緒に出てったたって聞いたよ。
グレーゲルス　ほんとうですか？
ギーナ　ええ、門番のおかみさんが言ってました。モールヴィクも一緒だったたって。
グレーゲルス　ああ、彼の心は、孤独の中で戦う必要があるのに――！
ギーナ　（外套を脱いで）ええ、男ってのはほんとにわからない。レリングがどこに連れてったか、だれも知らないらしい！　マダム・エリクセンのとこに行ってみたけど、いなかった。

ヘドヴィク　（泣くのをこらえて）ああ、お父さんもう帰ってこなかったら！

グレーゲルス　帰ってくるよ。明日ぼくがお父さんにことづけしてくる。そうしたらきっと帰ってくる。安心していいヘドヴィク。おやすみ。

彼は入り口から出ていく。

ヘドヴィク　（すすり泣きながら、ギーナに抱きつく）お母さんお母さん！

ギーナ　（背中をさすって、ため息）ほんとにレリングの言うとおり。おかしなやつがやってきて、理屈の要求*なんてこと言い出すからこういうことになる。

第五幕

ヤルマール・エクダルのアトリエ。冷たい灰色の朝の太陽が差し込む。天窓の大きな枠には湿った雪が積もっている。

ギーナが胸当てのある前掛けをし、塵払いのブラシと雑巾を持って台所から現れる。居間へ入ろうとし、同時にヘドヴィクが入り口から急いで入ってくる。

ギーナ　（立ち止まる）どうだった？

ヘドヴィク　そうお母さん、多分、下のレリングさんのとこだと思う——

ギーナ　ほうらね。

ヘドヴィク　門番のおかみさんが言ってた、ゆうべレリングさんが、ほかに二人連れて帰ってきたのを聞いたって。

ギーナ　そうだろうと思った。

ヘドヴィク　でも、わたしたちのところへ帰ってくるんでなくちゃ、なんにもならない。

ギーナ　とにかく、下に行ってお父さんと話してくる。

老エクダルがガウンを着て、スリッパをはいてパイプを吸いながら自分の部屋から出てくる。

エクダル　おいヤルマール、――ヤルマールはいないのか？
ギーナ　ええ、出かけてます。
エクダル　こんなに早く？　ひどい吹雪だってのに？　いいよいいよ、ご勝手に。わし一人でも朝の散歩はできる。

彼は裏部屋の戸を横に引く。ヘドヴィクが手伝う。彼は中に入り、あとを彼女が閉める。

ヘドヴィク　（声を低く）ねえお母さん、おじいさん、お父さんが家を出たって聞いたらどうなるかね？
ギーナ　だめよ、おじいさんには知られないようにしなくちゃ。昨日のごたごたのとき、おじいさんが家にいなかったのは運がよかった。

ヘドヴィク　ええ、でも――

グレーゲルスが入り口から入ってくる。

グレーゲルス　どうですか？　なにかわかりましたか？
ギーナ　下のレリングのところですって。
グレーゲルス　レリングのところ！　ほんとうにあの連中と出かけてたんですか？
ギーナ　そうらしいですね。
グレーゲルス　しかし彼は、深い孤独に浸って真剣に考える必要があったのに――！
ギーナ　ええ、あなたはそう言いますけど。

レリングが入り口から現れる。

ヘドヴィク　（彼に向かって）お父さん、あなたのところ？
ギーナ　（同時に）あの人は下？
レリング　ああ、そのとおり。
ヘドヴィク　それで、わたしたちに黙ってたのね！

レリング　そりゃあ、おれはろくでなしだ。でも、まずもう一人のろくでなしを見てやらなくちゃならなかった。そう、あいつはデモニックだからねもちろん。そのあと、おれはぐっすり寝こんでしまった――

ギーナ　エクダルは今朝、なんて言ってる？

レリング　まったく口をきかない。

ヘドヴィク　全然しゃべらないの？

レリング　これっぽっちも。

グレーゲルス　いやいや。ぼくにはよくわかる。

ギーナ　じゃ、なにしてるの？

レリング　ソファに横になって、いびきをかいてる。

ギーナ　そう？　エクダルのいびきは大きいから。

ヘドヴィク　眠ってるのお父さん？　眠ることができるの？

レリング　ああ、まったくもってそうらしい。

グレーゲルス　当然です。あれほどのは魂の戦いを経験したあとでは――

ギーナ　それにあの人、夜の飲み歩きには慣れてないし。

ヘドヴィク　眠るのはきっといいことよねお母さん。

ギーナ　そう思う。朝早くからお父さんを起こしても始まらないしね。どうもありがとうレリング。その前に、少し家の中を片付けておかなくちゃ。――手伝ってちょうだいヘドヴィク。

ギーナとヘドヴィクは居間に去る。

グレーゲルス　（レリングの方に身を向けて）いまヤルマール・エクダルの心の中で進行している精神の動きを説明してくれませんか。

レリング　彼の中で精神の動きが進行中とは、わたしにはまったく感じられませんね。

グレーゲルス　ばかな！　全生涯が新しい土台の上に築かれるという決定的な分かれ路に立っているというのに――？　ヤルマールのような人格の男に対して、どうしてそんなことが――？

レリング　ああ人格――彼の！　かつてはあの男にも、あんたが人格と呼ぶへんてこりんなものの芽生えがあったかもしれませんがね、それはすでに子どものときに根っこから完全に引き抜かれてしまった。保証します。

グレーゲルス　それは不思議ですね――彼が受けた愛情豊かな教育のことを考えると。

レリング　あの神経質でヒステリー気味のオールドミス叔母さん二人*から受けた教育のこと？

グレーゲルス　申しますが、あの人たちは理想の要求を片時も忘れないご婦人でした。――ええ、

レリング　あなたはまた馬鹿にするんでしょうがね。
グレーゲルス　いや、とんでもありません、わたしもよく聞かされていましたから。〈わが魂の母親二人〉ってね。あの男はずいぶんと美辞麗句を並べ立ててました。しかし、彼は二人のお蔭なんかあまりこうむってないと思いますよ。エクダルの不幸は、いつもまわりで光と仰がれていたことです――
レリング　そう、光だとは言えませんか？　心の深いところから出てくる、という意味で？
グレーゲルス　わたしには一度もそう見えたことはありませんね。親父さんは信じてましたが――
レリング　それはそれでいい。あのじいさん中尉は、生涯いつだって鈍な男でしたから。
グレーゲルス　あの人は生涯、子どものような心を持っていました。あなたにはそれがわからないんです。
レリング　ええ、ええ、そうかもね！　しかし、あの可愛いヤルマールは大学に入ったとき、友人仲間からすぐさま未来の光と仰がれるようになった。ハンサムだったからね奴さんは。ほんとうに――色白で赤い頰っぺた――女の子が大騒ぎする青年だった。それにあの頃、彼は情熱的でうっとりする美声の持ち主だった。ほかの人の詩や言葉を引用して見事に朗誦してみせた――
グレーゲルス　（怒って）あなたが言っているのは、ヤルマール・エクダルのことですか？
レリング　いや、これは失礼。つまりは、あんたがあがめたてまつっているのも、正体はそん

グレーゲルス　なものだってことですよ。
レリング　ぼくは自分がそれほど盲目だったとは思いません。
グレーゲルス　いやいや大した違いはないでしょう。あんたも病気なんですから。
レリング　それはおっしゃるとおりです。
グレーゲルス　そう、あんたの病気は症状が複雑なんだ。まずその厄介な正義熱、もっと悪いことに――いつも崇拝熱に浮かされてる。絶えず身のまわりの外にあるなにかをあがめたがってる。
レリング　ええ、たしかに自分の外に求めてる。
グレーゲルス　ところが、あんたがまわりで見たり聞いたりして素晴らしいと思い込むのは、これまたとんでもない思い違いでね。いまも貧しい家にやってきて、理想の要求なんてことを言ってるが、この家には、そんなものに応じられる人間は住んでいませんよ。
レリング　それくらいにしかヤルマール・エクダルを見ていないのなら、どうして、いつもいつも、すすんで彼を助けようとしてるんですか？
グレーゲルス　いやいや、これでも医者のはしくれですから、言うも恥ずかしながら。同じ屋根の下にいる哀れな病人をほっとくわけにはいかんでしょ。
レリング　なるほど！　ヤルマールも病気なんですか？
グレーゲルス　人間てやつは、ほとんどだれもかれも病気です、情けないことにね。

グレーゲルス　で、ヤルマールにはどういう処方をしてるんです？
レリング　わたしの常服薬でね。生きるための嘘*を処方している。
グレーゲルス　生きるための嘘？　そう言ったんですか――？
レリング　ええ、生きるための嘘です。生きるための嘘は興奮剤的な効き目をもつんでねあんた。
ヤルマール　ヤルマールが飲まされている生きるための嘘とはなんですか、お尋ねしてよろしければ？
レリング　いや結構。こういう特効薬を、あんたのようないかさま師に打ち明けるわけにはいきませんね。あんたはまだまだ、やつをめちゃくちゃにしようとかかってるんですから。しかし薬の効き目は証明済みです。わたしはモールヴィクにもそれをほどこしました。〈悪霊〉ってやつ。それをあいつの首根っこに貼り付けてやったんです。
グレーゲルス　じゃ、彼は悪霊じゃないんですか？
レリング　ばかな、悪霊だって？　それは、あの男の命を救うために考え出した馬鹿話ですよ。そうしなかったらあの男は、かわいそうに、とうの昔に自己嫌悪と絶望でだめになってたでしょう。それから、じいさん中尉もそう！　もっともあの人は、いままでは見事に自分で治療法を見つけてますがね。
グレーゲルス　エクダル中尉？　それはなんですか？

レリング　あの熊撃ちが薄暗い裏部屋でウサギを撃っているの、どう思います？　あのガラクタの間をはいまわっているとき、あの年寄りはこの世でいちばん幸福な狩人になる。あの人が身を隠す四、五本の枯れたクリスマス・ツリーは、あの鬱蒼としたヘイダルの森。オンドリやヒヨコたちは大木の上の大きな鳥。屋根裏を駆けまわるウサギは、彼のしとめるクマってわけだ、あの活発なじいさん狩人には。

グレーゲルス　ええ、不幸な老いたエクダル中尉。あの人は、若い頃の理想を捨てなければならなかった。

レリング　忘れないうちに言っておきますがねヴェルレ・ジュニアさん――そういう外来語はやめてください、〈理想〉なんてね。れっきとした自分たちの言葉があるでしょう、嘘という。

グレーゲルス　二つは同類だというんですか？

レリング　まあ、腸チフスと発疹チフス*ってとこかな。

グレーゲルス　ドクトル・レリング、ぼくはヤルマールをあなたの手から救い出すまであきらめません。

レリング　それはやつにとって最悪ってことになりますね。普通の人間から生きるための嘘を取り上げてごらんなさい。一緒に幸福も奪うことになります。（そのとき居間から出てきたヘドヴィクに）さあ、野ガモのちっちゃなママさん、わたしは下に行って、

きみのパパさん*がまだ寝たままで、素晴らしい発明にふけっているか見てきてあげましょう。（入り口から出ていく）

グレーゲルス　（ヘドヴィクに近づき）、まだやってないね。顔でわかる。

ヘドヴィク　なにを？　ああ、野ガモのこと。やってません。

グレーゲルス　いざとなると勇気がくじけた。

ヘドヴィク　いいえ、そうじゃありません。でも今朝、目が覚めてからゆうべの話を思い出してみたら、なんだか変に思えたんです。

グレーゲルス　変？

ヘドヴィク　ええ、わからないけど——。ゆうべはすぐにわたし、あの話にはなにか素晴らしいものがあると思った。だけど一晩眠って考えてみると、別にどうってこともないように思えてきたんです。

グレーゲルス　いや、あなたもこの家に住んでいて、自分の中のなにかをだめにしてしまったんだ。

ヘドヴィク　そんなことはどうでもいいの。ただお父さんが帰ってきさえすれば——

グレーゲルス　あなたにもし、この世を価値あるものにするのはなにか、はっきりわかっていたら、——ほんとうの喜びに満ちた、勇気ある犠牲の心をあなたが持っていたら、そうしたら、どうすればお父さんが帰ってくるかわかるだろうに——でもぼくはまだ、あなたを信じてるよヘドヴィク。

彼は入り口から出ていく。

ヘドヴィクは部屋を歩きまわる。それから台所へ去ろうとする。同時に裏部屋の中から戸を叩く音。ヘドヴィクはそこに行き、戸を少し開ける。老エクダルが出てきて、彼女は戸を閉める。

エクダル　ふん。朝の散歩を一人でするのは、あんまり面白いもんじゃない。

ヘドヴィク　狩りをしたかったんじゃないのおじいさん？

エクダル　今日は狩り日和じゃないよ。暗くって一寸先も見えやしない。

ヘドヴィク　ウサギばかりじゃなくて、ほかのものも撃ちたいとは思わない？

エクダル　ウサギじゃ不足かね？

ヘドヴィク　いいえ、でも野ガモは？

エクダル　ほっほっ、わしが野ガモを撃たないか心配なんだな。絶対におまえ、絶対にやりゃしない。

ヘドヴィク　ええ、おじいさんにはできないでしょ。野ガモを撃つのはすごく難しいっていうから。

エクダル　できない？　わしにできなくってどうする。

ヘドヴィク　じゃ、どうやるのおじいさん――わたしの野ガモじゃないよ、ほかのを撃つとき？

エクダル　胸元に弾を撃ち込む、いいか。それがいちばん確実。それも毛に逆らって撃つ――毛に沿ってじゃない。

ヘドヴィク　そうすれば死ぬ、おじいさん？

エクダル　間違いなく死ぬ――うまく撃てばだがな。さあ、部屋で着替えてくるか。ふむ――わかっとる――ふむ。（自分の部屋に去る）

ヘドヴィクは少し待ってから居間の方をうかがい、本棚に近づく。背伸びして、二連発のピストルに手を伸ばし、棚から下ろして、それを見つめる。

ギーナが塵払いのブラシと雑巾を持って居間から入ってくる。

ヘドヴィクはあわてて、気づかれないようにピストルを戻す。

ギーナ　お父さんのものに触っちゃだめよヘドヴィク。

ヘドヴィク　（本棚から離れる）少し片付けようと思って。

ギーナ　それより、台所に行って、コッヒー*ができてるかどうか見てきてちょうだい。お父さんのところに行くとき持ってくから。

ヘドヴィクは去る。ギーナはアトリエで塵払いのブラシをかけ、ものを片付ける。

しばらくして、入り口のドアがそっと開けられ、ヤルマール・エクダルがのぞき込む。彼はオーバーは着ているが、帽子がない。顔も洗わず髪はばさばさで、眼はどんよりと弱々しい。

ギーナ　（ブラシを手に立ち止まって、彼を見る）まあエクダル、やっぱり帰ってきた？

ヤルマール　（入ってきて、鈍い声で答える）帰ってきた——すぐに出ていくためにな。

ギーナ　ええ、ええ、そうでしょ。でもまあ、なんて格好？

ヤルマール　格好？

ギーナ　いい冬オーバーが！　台無しじゃない。

ヘドヴィク　（台所のドアで）お母さんわたし——（ヤルマールを見つけ、喜びに高く叫んで、彼の方に走ってくる）ああ、お父さんお父さん！

ヤルマール　（身を退け、手で払う）寄るな寄るな寄るな！（ギーナに）この子をそばに寄せるな！

ギーナ　（声を落とし）居間に行ってなさいヘドヴィク。

ヘドヴィクは黙って居間へ去る。

ヤルマール　（忙しくテーブルの引き出しを開けて）おれの本を持っていく。どこにあるおれの本？

ギーナ　どの本？

ヤルマール　研究書だ言うまでもない——発明に必要な技術関係の雑誌。

ギーナ　（本棚を探す）ここにある頁の切ってない*もの？

ヤルマール　ああそれだ。

ギーナ　（ひと束の本をテーブルの上におく）ヘドヴィクに切らせようか？

ヤルマール　切る必要はない。

短い沈黙。

ギーナ　どうしても出てくつもりエクダル？

ヤルマール　（本をひっくり返しながら）あたりまえだ。

ギーナ　ええ、ええ。

ヤルマール　（激しく）おれはここで一日じゅう、心を突き刺されながら生きていくことはできない。
ギーナ　わたしのこと、そんなにひどく思ってるなんて。
ヤルマール　そうじゃない証拠を見せろ――！
ギーナ　あんたこそ見せてよ。
ヤルマール　おまえみたいな過去に対して？　ある種の要求というものがある。――それを理想の要求と呼びたい。
ギーナ　でもおじいさんはどうなる、かわいそうに？
ヤルマール　おれは自分の義務をわきまえてる。身寄りのない親父も一緒だ。町に出て、なんとか住むところを探す――ふむ――（自信のない声で）階段で、おれの帽子を見つけたものはいないか？
ギーナ　いいえ。あんた、帽子失くしたの？
ヤルマール　ゆうべ戻ったときは、たしかにかぶってた。それは間違いないんだが、今日になったら見当たらない。
ギーナ　ほんとに、あの飲んだくれ連中とどこに行ってたの？
ヤルマール　ああ、非本質的なことは聞くな。そんなことまで覚えてられると思うか？
ギーナ　風邪をひいてなきゃいいけどエクダル。（台所に去る）

ヤルマール　（引き出しのものを取り出しながら、低く、苦々しく独り言を言う）おまえはろくでなしだレリング！――ならずもんだ！――とんでもない誘惑者！――ぶっ殺してやりたい！

彼はいくつかの古い手紙を脇におく。それから、昨日引き裂いた手紙を見つけ、それを手にとって、裂いたものを見つめる。ギーナが入ってきたので、あわててそれをおく。

ギーナ　（用意したコーヒーをのせた盆をテーブルにおく）温かいのを、よかったら。それにサンドイッチと塩漬け。

ヤルマール　（盆の方を眺め）塩漬け？　この屋根の下では絶対に食べない！　ほとんど丸一日なにも口に入れてないんだが、そんなことはどうでもいい。――おれのノート！　書き出した回想録は！　日記と重要書類はどこだ？（居間のドアを開け、身を引く）こいつ、まだここに！

ギーナ　まあ、この子だってどこかにはいなくちゃ。

ヤルマール　出てこい。

彼は道を開ける。ヘドヴィクはおずおずとアトリエに出てくる。

ヤルマール　（ドアのノブに手をかけ、ギーナに）かつてのわが家で過ごす最後の時間くらい、無関係なものとはかかわりたくない――（部屋に入る）

ヘドヴィク　（急いで母親の方に行き、低く、震えてたずねる）あれわたしのこと？

ギーナ　台所に行っててヘドヴィク。それとも、そうだね――自分の部屋がいい。（ヤルマールのあとに入りながら話す）ちょっと待ってよエクダル。引き出しをそんなにかき回さないで。みんなどこにあるか、わたし心得てるんだから。

ヘドヴィク　（一瞬、恐れと不安に包まれて立ちつくす。泣くまいと唇を噛みしめ、痙攣したように手をくねらせて低く言う）野ガモ！

彼女はそっと歩いてピストルを棚からとり、裏部屋のドアを少し開けて滑り込む。入ったあと、自分でドアを閉める。

ヤルマールとギーナは居間で言い合いを始めている。

ヤルマール　（数冊のノートと古いばらばらの紙片を抱えて入ってきて、それらをテーブルの上におく）そんな旅行鞄なんの役に立つ！　一緒に持ってかなくちゃならんものは山ほどある。

ギーナ　（鞄を持ってあとを追い）でも、ほかのものはあとにして、とりあえずシャツと下着二、三枚だけ持っていきなさいよ。
ヤルマール　ふう――用意ってのは面倒なものだな！――（オーバーを脱いで、ソファに投げる）
ギーナ　コッヒーが冷めてしまう。
ヤルマール　ふむ。（無意識にひとすすりし、それからもうひと口飲む）
ギーナ　（椅子の背をふきながら）それにあんた、ウサギをおく大きな屋根裏部屋なんて、いまどき簡単には見つからないよ。
ヤルマール　なんだ！　ウサギも全部連れてくのか？
ギーナ　だっておじいさん、ウサギなしでは過ごせないでしょ。
ヤルマール　それくらい慣れなくちゃ。おれはウサギよりもっと重大な、人生の一大事をあきらめるんだ。
ギーナ　（本棚のほこりを払い）フルートも鞄に入れる？
ヤルマール　いや。フルートはいらない。それよりピストルをくれ！
ギーナ　ピグストールを持ってくの？
ヤルマール　そうだ、弾の込めてあるおれのピストルだ。
ギーナ　（探す）ないよ。おじいさんが持って入ってるんだ。
ヤルマール　奥にいるのか？

ギーナ　ええ、きっとそうよ。
ヤルマール　ふん——ひとりぼっちの年寄り。

彼はサンドイッチを一つとり、食べて、コーヒーを飲む。

ギーナ　部屋を貸してなければ、あそこに移れたのにね。
ヤルマール　同じ屋根の下に住む、一緒に——！　絶対に——絶対に！
ギーナ　でも一日か二日だったら、居間はどう？　あそこなら、あんた一人で使っていいよ。
ヤルマール　絶対に、この家の中では！
ギーナ　じゃあ、下のレリングかモールヴィクのとこは？
ヤルマール　あんなやつら、名前も口にするな！　やつらのことは考えただけでも食欲がなくなる。——いや、おれは嵐と吹雪の中に出ていく。——軒から軒へと、おれと親父の雨かぜをしのぐところを求めてさ迷い歩く。
ギーナ　でも、帽子なしよエクダル！　失くしちゃったんでしょ。
ヤルマール　あのくず野郎の二人、なにもかもやつらのせいだ！　途中で帽子を一つ買わなくちゃ。（もう一つサンドイッチをとる）面倒なことだが、おれは命を縮める気は毛頭ない*から。（盆の上になにかを探す）

ギーナ　なにがほしいの？

ヤルマール　バター*。

ギーナ　バターね、すぐとってくる。（台所に去る）

ヤルマール　（彼女の後ろから呼ぶ）いらない、バターなしでも食べられる。

ギーナ　（バター入れを持ってくる）はい、作り立て。

彼女は彼に新たにコーヒーを注ぐ。彼はソファに座りサンドイッチにもっとバターをつけ、しばし沈黙して食べ、飲む。

ヤルマール　だれにも邪魔されずに——まったくだれにもな——居間で一日か二日過ごすことはできるかな？

ギーナ　ああ、そのつもりになれば十分できる。

ヤルマール　だって、こんなに急に、親父のものまで持って出るのは、どうも無理みたいだから。

ギーナ　それにまず先に、あんたがもうわたしたちと暮らしたくないってこと、おじいさんに話さなくちゃならないよ。

ヤルマール　（コーヒーカップを押しやって）それもだ。あのこんがらかった関係をまた引っ張り出さなくちゃならん。——よく考えなくちゃ。息をつきたいよ。こんな面倒なこと

ギーナ　を全部一日で始末するなんて、とてもできた相談じゃない。

ヤルマール　それに、外はひどいお天気だし。

ギーナ　（ヴェルレの手紙に少し触れて）この手紙、まだここにある。

ヤルマール　ええ、わたしは触りもしなかった。

ギーナ　こんな紙切れ、おれにには関係もないが――

ヤルマール　ああ、わたしもどうしようなんて――

――しかし、無くすのもよくない――おれの家出騒ぎに紛れて、簡単に無くなる恐れがある――

ギーナ　気をつけておくよエクダル。

ヤルマール　なによりまず、これは親父への贈りものだ。親父が使いたければ、それは親父の問題だ。

ギーナ　（ため息）ええ、かわいそうなおじいさん――

ヤルマール　念のためだ――ノリはあるか？

ギーナ　（本棚に行き）ここにノリの壜はある。

ヤルマール　それから刷毛も。

ギーナ　刷毛もここに。（それらを持ってくる）

ヤルマール　（ハサミをとって）裏に紙を貼っておくだけ――（切って貼り付ける）他人の所有物

をどうこうするつもりは、おれにはまったくない——貧しい年寄りの場合、なおのことだ。それは——ほかのものも——。そら、しばらくこのままにしておいて、乾いてからしまっておけ。こんな手紙、もう見たくもない、絶対に！

グレーゲルス・ヴェルレが入り口から入ってくる。

グレーゲルス　（やや驚いて）なんだ、ここにいたのかヤルマール？
ヤルマール　（あわてて立ち上がり）疲労困憊して座ってた。
グレーゲルス　朝食をとってたのか。
ヤルマール　そりゃ、体の要求もときには満たさなくちゃ。
グレーゲルス　それで、どうすることにしたんだ？
ヤルマール　おれのような男に、道は一つしかない、いま重要書類を整理してるところ。しかし時間がかかる、わかるだろ。
ギーナ　（ややいらいらして）それで、あんた、居間を片付ける？　それとも鞄を詰める？
ヤルマール　（グレーゲルスを、困ったような横目で見てから）鞄を詰めてくれ——それから、居間の片付けも！
ギーナ　（鞄をとって）はいはい。じゃあ、シャツなんかを入れておくね。（部屋に入りドアを

グレーゲルス　閉める）

（短い沈黙のあと）こんなことになるとは夢にも思わなかった。ほんとうに家も家族も捨てて行かなくちゃならないのか？

ヤルマール　（落ち着きなく歩きまわり）じゃあ、どうしろというんだ？――おれは不幸には慣れてないんだグレーゲルス。楽しい、心配のない、穏やかな暮らししかできないんだ。

グレーゲルス　そういう暮らしにすればいいじゃないか？　努力して。いま土台は固くなったと思う――最初からやり直すんだ。それにきみには発明という目的があることを忘れるな。

ヤルマール　ああ、発明がなんだってんだ。あんなものまだまだだよ。

グレーゲルス　そうなのか？

ヤルマール　いったいなにを発明しろというんだ？　ほかの連中がもうなんだって発明しちまってるよ。新しい発明は日に日に難しくなってく――

グレーゲルス　きみはあんなに一所懸命になってたくせに。

ヤルマール　あれは、ろくでなしのレリングが仕向けたんだ。

グレーゲルス　レリング？

ヤルマール　そう、やつなんだ、写真術について、おれにはなにかすごい発明をする才能がある、そう思わせたのは。

グレーゲルス　あはあ――レリングだったのか！

ヤルマール　ああ、だからおれは心の底から幸せだった。発明自体がどうというんじゃない、ヘドヴィクがそれを信じたからだ――、子ども心に精魂傾けて信じてくれた――いや、つまり――馬鹿なおれは、あの子がそれを信じてるとばかり思ってた。

グレーゲルス　ヘドヴィクが騙してたって、きみ本気で思ってるのか！

ヤルマール　いまはどんなことでも思える。ああ、ヘドヴィクなんだ問題は。あの子がおれの人生から太陽を奪ってしまった。

グレーゲルス　ヘドヴィク！　ヘドヴィクだって言うのか？　どうしてあの子がきみから太陽を奪ったりできるんだ？

ヤルマール　（答えず）おれは言葉に尽くせないくらい*あの子を愛していた。いつもこの貧しい家に帰ってきて、あの子が可愛い細めの目をしておれの方にとんでくるとき、おれは言葉に尽くせないくらい幸せを感じていた。ああ、おれはおめでたい馬鹿ものだ！　言葉に尽くせないくらいあの子を愛してたんだ――そしてあの子も言葉に尽くせないくらいおれを愛してると勝手に空想してた。

グレーゲルス　それが空想だというのか！

ヤルマール　おれになにがわかる？　ギーナから聞くこともできない。それにギーナは、こういう複雑な問題、理想なんてことはまったくわからない女だ。だがきみには言えるよ

グレーゲルス　グレーゲルス、この恐ろしい疑い――おそらくヘドヴィクはおれをほんとうには愛したことがなかったという疑い、それなんだ。

ヤルマール　そのことなら、いまに証拠を見せられると思う。（耳をすまして）あれはなんだ？

グレーゲルス　野ガモが声を立ててるようだが。

ヤルマール　野ガモが鳴いてるんだ。親父が中に入ってる。

グレーゲルス　お父さんが！（喜びに顔が輝く）いいか、きみは疑ってるが、ヘドヴィクがきみを愛してる証拠が見られる！

ヤルマール　ああ、あの子がどんな証拠を見せてくれるというんだ！　そんなこと、なに一つ確かなことはない、そう思える。

グレーゲルス　ヘドヴィクは、騙すなんてことを全然知らない子だよ。

ヤルマール　ああグレーゲルス、そこなんだ考えられないのは。だれにわかる？　ギーナとセルビーさんがいつもここでひそひそ話をしていたかもしれない。ヘドヴィクはそれをじっと聞いていた。多分、贈りものの手紙も突然のことじゃなかったんだ。そういえば、そんな節もある。

グレーゲルス　いったい、なんてことを考えてるんだ！

ヤルマール　目が開いたんだ。気をつけろ――手紙はほんの序の口だよ。セルビーさんはいつもヘドヴィクをすごく可愛がってた。いまはあの子になんでもしてやれる。その力がある。やつらは、いつでも好きなときに、あの子をおれから取り上げることができる。

グレーゲルス　ヘドヴィクは決してきみから離れたりはしない。

ヤルマール　そんなに自信たっぷりで言うのはやめた方がいい。やつらが両手をあげてあの子を招いたら——？　ああ、おれは実に言葉に尽くせないくらいあの子を愛してた！　真っ暗ながらんとした部屋で怖がる子どもの手を引いてやるように、そっとあの子の手を引いてやる。ああ、どんなに素晴らしいだろうとおれは思っていた！——だがいまは身を切られる思いだ——屋根裏住まいの貧しい写真屋なんか、あの子にとってなんでもなかったんだ。ときがくるまで一緒にいられるように、ずる賢く気をくばってただけだ。

グレーゲルス　きみは自分でもそんなこと信じてはいないよヤルマール。

ヤルマール　いちばん恐ろしいのは、なにを信じたらいいかわからないということだ。——決してわからない。きみはほんとうにおれが間違ってると思うか？　はっはっは、きみは理想の要求ってやつを後生大事に抱えてるからな親愛なるグレーゲルス！　たとえばやつらがやってきて、手に贈りものをいっぱい持って、そしてあの子に呼びかけたら、その男を捨てなさい、わたしたちと一緒に楽しい人生を生きていきましょう——

グレーゲルス　(急いで) うん、それでどうなると思うんだ？

ヤルマール　もしおれがあの子にたずねたら、ヘドヴィク、おまえはお父さんのために、喜んでその人生を手放す気持ちがあるか？* (自嘲の笑い) いや結構――どういう答えが返ってくるかね！

裏部屋でピストルの音。

グレーゲルス　(喜びに、高く) ヤルマール！

ヤルマール　おや、親父は狩りまで始めた。

ギーナ　(入ってくる) まあエクダル、おじいさん、裏で一人でバンバンやってんのね。

ヤルマール　見てみよう――

グレーゲルス　(生き生きと、高ぶって) ちょっと待って！　きみはあれがなんだか知ってるか？

ヤルマール　むろん知ってる。

グレーゲルス　いや知らない。しかしぼくは知ってる。これが証拠だ。

ヤルマール　証拠、なんの？

グレーゲルス　これは子どもながらの犠牲行為なんだ。あの子はきみのお父さんに頼んで、野ガモを撃ってもらった。

ヤルマール　野ガモを撃った！
ギーナ　まあ、なんてことを――！
ヤルマール　どういうことだ？
グレーゲルス　あの子はきみのために、この世でいちばん大切にしているものを生贄にささげたんだ。そうすれば、きみがあの子をまた愛するようになると思った。
ヤルマール　（感動して、涙にぬれ）ああなんて子だ！
ギーナ　ええ、なんてこと考えたの！
グレーゲルス　あの子はきみの愛情を取り戻したかったんだヤルマール。きみの愛なしでは生きていけないと思った。
ギーナ　（涙をこらえて）ほうら、ごらんよエクダル。
ヤルマール　ギーナ、あの子はどこだ？
ギーナ　（すすり泣いて）かわいそうに、台所でしょきっと。
ヤルマール　（台所の方に行き、激しくドアを開けて叫ぶ）ヘドヴィク――おいで！　お父さんのところにおいで！（見まわす）いや、ここにはいない。
ギーナ　じゃあ自分の部屋かしら。
ヤルマール　（中に入って）いやここにもいない。（出てくる）表に行ったんだ。
ギーナ　ええ、あんたが、家ん中じゃ、どこにいても嫌がるから。

ヤルマール　ああ、早く帰ってくればいいのに――あの子にはっきり言ってやる――いまはなにもかもよくなるよグレーゲルス。いままた、ここの生活を始められると思う。
グレーゲルス　（静かに）ぼくにはわかってた、子どもによってすべてはよくなるって。

老エクダルが自分の部屋のドアに現れる。軍服姿で、サーベルをつけようと努めている。

ヤルマール　（びっくりして）お父さん！　そこにいたんですか！
ギーナ　部屋の中で撃ってたんですか？
エクダル　（怒って、近づく）一人で狩りをするつもりかヤルマール？
ヤルマール　（気が張って、わけがわからず）裏で撃ってたのはお父さんじゃなかったんですか？
エクダル　わしが？　ふむ！
グレーゲルス　（ヤルマールに叫ぶ）あの子、自分で野ガモを撃ったんだきみ！
ヤルマール　どういうことだ！（急いで裏部屋に走っていき、戸を荒々しく開け、中を見て、高く叫ぶ）ヘドヴィク！
ギーナ　（戸口に走り寄る）いったい、どうしたの！
ヤルマール　（中に入る）あの子が床に寝てる！

グレーゲルス　ヘドヴィクが寝てる！（彼を追って入る）
ギーナ　（同時に）ヘドヴィク！（裏部屋に入る）いやいやいや！
エクダル　ほっほっ、あの子も狩りをするのか？

ヤルマール、ギーナ、グレーゲルスがヘドヴィクをアトリエに連れ出す。彼女は垂れ下がった右手にピストルをしっかりと握っている。

ヤルマール　（気が混乱して）ピストルが暴発した。自分に当たった。助けを呼べ！　助けを！
ギーナ　（入り口から走って出て、下に叫ぶ）レリング！　レリング！　ドクトル・レリング、すぐに上がってきて！

ヤルマールとグレーゲルスは、ヘドヴィクをソファの上に寝かせる。

エクダル　（静かに）森は復讐する。
ヤルマール　（彼女のそばにひざまずき）すぐに気がつく、すぐに気がつく――そうだそうだそうだ。
ギーナ　（戻ってきていて）どこに当たったの？　ちっともわからない――

レリングが急いでやってくる。すぐあとからモールヴィクが来るが、ベストもネクタイもせず、上着は前があいたまま。

レリング　なにごと？
ギーナ　ヘドヴィクが自分を撃ったっていう。
ヤルマール　早く助けてくれ！
レリング　自分を撃った！

テーブルを脇にどけ、彼女を診る。

ヤルマール　（膝をついたまま、不安にかられ彼を見つめる）大したことないだろ、どうだレリング？　血も出ていない。大したことないよね？
レリング　なんでこうなった？
ヤルマール　ああ、どうしてわかる――！
ギーナ　この子、野ガモを撃とうとした。
レリング　野ガモを？

ヤルマール　ピストルがひとりでに発射したんだきっと。
レリング　ふむ、そうか。
エクダル　森は復讐する。だがわしは怖くない。(裏部屋に入って戸を閉める)
ヤルマール　ね、レリング——どうして黙ってる?
レリング　弾は胸を貫いてる。
ヤルマール　ああ、でもすぐに気がつくだろ!
レリング　見ればわかるだろ。ヘドヴィクはもう生きていない。
ギーナ　(どっと泣く)ああ、この子ったら、この子ったら!
グレーゲルス　(しゃがれ声で)うなばらの底で——
ヤルマール　(とび上がる)いやいや生きてる! きみに神さまの祝福をレリング——ほんのちょっと、——ちょっとの間でいい、おれがこの子を、いつもいつもどんなに、言葉に尽くせないくらい愛していたか、それを話してやるだけでいい!
レリング　心臓を貫いてる。内出血、即死だ。
ヤルマール　おれはこの子を犬ころのように追っ払った! この子は胸がつぶれて屋根裏に入り、おれへの愛のために死んだんだ。(すすり泣く)もうとり返しがつかない! 二度とこの子に言ってやれない——! (手をくねらせ、天に向かって叫ぶ)ああ、天にます神よ——! ——もし神がいますなら! なにゆえに我を見捨て給うや!*

ギーナ　しっ、そんな大それたことを言うもんじゃない。わたしたちには、この子と一緒にいる資格がなかったのよきっと。
モールヴィク　子どもは死せず、ただ眠りしのみ。*
レリング　黙ってろ！
ヤルマール　（静かになって、ソファに近づき、腕を十字に組んで、ヘドヴィクを見る）こんなにじっとして、静かに寝ている。
レリング　（ピストを離そうとする）固いな、しっかり握ってる。
ギーナ　いえいえレリング、指を折らないで。ピグストールはそのままにしておいて。
ヤルマール　この子に持たせておこう。
ギーナ　ええ、そうしましょう。でもこんなところにさらしておかないで。この子の部屋に運びましょう。手をかしてエクダル。

ヤルマールとギーナは両側からヘドヴィクを抱きかかえる。

ヤルマール　（運びながら）ああギーナギーナ、おまえこんなことに耐えられるか！
ギーナ　お互い助け合わなくちゃ。だってこの子、いまはわたしたち二人のものになったんだから。

モールヴィク　（腕を伸ばし、ぶつぶつ言う）主を讃えん。* 汝は大地に還りませり、* 汝は大地に還りませり――
レリング　（ささやく）黙ってろ酔っぱらい。

ヤルマールとギーナは台所を通って*ヘドヴィクを運び去る。レリングがあとを閉める。モールヴィクは入り口からそっと出ていく。

レリング　（グレーゲルスに近づき）これが偶発だと信じろと言ってもだめですよ。
グレーゲルス　（顔を引きつらせ、驚愕の中に立ちすくんでいたが）こんな恐ろしいことがどうして起こったのか、だれにもわからない。
レリング　火薬で胸の服が焦げていた。あの子はピストルをまっすぐに胸に向けて撃ったんです。
グレーゲルス　ヘドヴィクの死は無駄ではなかった。悲しみによってヤルマールの崇高な心が目覚めた。見たでしょう。
レリング　死んだものを前にして悲しんでいるときは、だれでも崇高な気分になるものです。しかしその敬虔な気持ちが、彼の中でいつまでつづくと思います？
グレーゲルス　一生つづいて、次第に高まっていくでしょう！

レリング　一年もたてば、*小さなヘドウィクは彼のいい演説材料ってとこでしょう。

グレーゲルス　ヤルマール・エクダルのことを、よくもそんな風に言えたものだ！

レリング　あの子の墓に草が生え始めるときに、またお話ししましょう。そのとき彼が、〈父の心に宿る幼くして去りし子〉なんて、一席ぶつことにならないかどうか。自分の言葉に感動して、悲しみに自己陶酔することにならないかどうか。まあ見ててごらんなさい！

グレーゲルス　もしあなたの言うことが正しくて、ぼくが間違っているなら、この人生は生きるに値しない。

レリング　いや、人生は十分に素晴らしいものですよ。ただ、われわれ貧乏人の戸口にやってきて、理想の要求とやらをつきつけるありがたい集金野郎どもからまぬがれてさえいればね。

グレーゲルス　（前方の空《くう》を見つめ）もしそうなら、ぼくは自分の運命がこうなっていることを喜びます。

レリング　失礼ですが——あんたの運命とはどういうものですか？

グレーゲルス　（行きかけていて）テーブルについた十三人目。

レリング　ああ、知ったことか*。

注（上部の数字は、注のある本文ページを指す）

以下の注には、新イプセン全集所収の『野がも』の語釈を参考にしたところが少なくない（Henrik Ibsens skrifter, Innledninger og kommentarer, 8 , utgitt av Universitetet i Oslo, Oslo: Aschehoug, 2008）。また、注釈の中には訳者の解釈によるものもある。

7＊〈ヘンリック・イプセン〉Henrik Ibsen。Ibsen は、日本では長く「イブセン」と呼ばれていた。これは Ipsen の古い形なので、正しくは「イプセン」だと指摘されてからも（しさべのめかり「日本におけるイプセン劇の誤訳を嗤ふ（一）」、『新日本』大正三年八月）、「イブセン」の習慣は昭和前半までつづいたように思われる。詳しくは、本シリーズ『人形の家』の注（1）参照。

＊〈『野がも』五幕の劇〉原文 VILDANDEN SKUESPIL I FEM AKTER 野生の鴨には、いくつかの種類があるが、ここでは特定されていない。イプセンの先輩詩人であるヴェルハーヴェン（J. S. Welhaven 一八一七―七三）の詩『海鳥』に「野がもが静かに泳いでいる」のフレーズがあり、これとのつながりが指摘されている。「劇」とした原語 skuespil（現綴 skuespill）は、一般的な劇を指すが、分類としては真面目な劇のことをいう。イプセンは、この劇を悲喜劇だと言ったが、あまり喜劇性を誇張した見方をしないように、あえて劇としたのだろう。だが、日本では逆に、この劇を真面目な劇と見る傾向が強いようなので、やや軽い感じがするように、これまで一般的だった『野鴨』の題名を『野が

も』としている。しかしせりふでは、動物名はすべてカタカナにしている。

8＊〈**豪商**〉原語 Grosserer は卸売り業者。しばしば大事業者の称号として使われるので、劇中では「旦那」「大旦那」「お大尽」などとしている。

＊〈**写真師**〉ノルウェーでは、一八六〇年代に写真屋は職業として成り立った。一八七五年の国勢調査では二〇七名となっている。七〇年代終わりに向けてその数が増えていったが、それは、特に写真入りの名刺ができたからだった。比較的多くの女性写真屋がいたのは、習得するのにあまり複雑な技術ではないし、中産階級の女性には魅力的な職業となったからだった。イプセンは新しい発明である写真に興味を持っていて、若い頃から晩年までの多くの肖像写真が残っている。一八六七年の劇詩『ペール・ギュント』ですでに写真の陰画と陽画が問題にされている。

＊〈**ヘドヴィク**〉Hedvik イプセンの三歳年下の妹がヘドヴィクと呼ばれていた。この名前は、初め母親役につけられていたが、すぐに母親はギーナの名に変えられ、ヘドヴィクは娘の名前になった。イプセンとヘドヴィクについては、解説参照。

＊〈**十四歳**〉年齢をいうのに、ノルウェーでも日本でいう数えと満の両方がある。ヘドヴィクが十四歳というのは数えの歳だが、あと二日で満十四歳になるとされている。当時のノルウェーで、子どもの状

況は住む環境で大きく異なっていた。農村や漁村の子供は早くから働き始め、新しい産業での重要な労働力となっていた。一八八五年に設置された労働審議会では労働に就く年齢が大きな争点となり、十四歳以下の児童の労働を禁じる意見は少数派で、多数派は十二歳まで引き下げることを主張した。一方、都市の児童ははるかに恵まれた状況にあった。

＊〈女執事〉 原語 husbestyrerinde（hus 家＋ bestyrer 管理者。—inde 女性を示す語尾）女主人のいない家で、その代わりとして、あるいは女主人のために家事をつかさどる女性。

＊〈太った顔色の悪い紳士〉 原語 blegfed（bleg=blek 不健康な肌の色＋ fed=fet 太った）。ほかの客も、薄毛の紳士、近目の紳士となっているが、劇中で、彼らは侍従と呼ばれ、第一幕では一人だけが名前で呼ばれる。第二幕ではヤルマールが数人の名前を挙げている。したがって、観客には、人物表でこのように呼ばれていることはわからない。イプセンが、あえて人物表でこのような呼び方をしていることは、この劇の一種の喜劇性を示唆したかったのではないかと思われる。解説参照。〈侍従〉については13頁注を参照。

第一幕

9 **＊〈部屋は薄暗く照らされている〉** この劇で、イプセンは舞台の照明設定を、幕中に変化することも含めて、詳しく指定している。この劇が書かれたのは一八八四年だが、一八八〇年代は、ヨーロッパの舞台照明が電気照明の採用により劇的に変化していく時期である。

＊**〈壁ドア〉**原語 tapetdør（tapet= 壁紙 + dør ドア）、壁と同じ壁紙を張ったドア。

＊**〈ナイフでグラスを叩く音〉**ヨーロッパでは、パーティなどでスピーチを始めるにあたり、空のグラスを金属物で叩いて出席者の注意を引くことをする。

10 ＊**〈大将〉**原語 gamlingen は老人の意だが、やや俗語めいているのでこう訳した。

＊**〈知るかそんなこと〉**原文 Fan' véd。Fan' は fanden（悪魔）の略で、véd の現綴りは vet で vite（知る）の変化形。「だれが知るか」の意。すばやく、言われていることから距離をおく表現に使われる。この劇の最終せりふが、これとほとんど同じ意味の文句であることは示唆的だろう。

＊**〈女たらし〉**原文 en svær buk（現綴 bukk）は、大きな、特別な山羊の意。山羊は、好色漢の隠語として使われるので、「女たらし」とした。第一幕の最後に、この語がまた使われることとつながる。

＊**〈パーティ〉**原語 middagsselskabet（現綴 middagsselskapet）。middag は昼食、selskapet はパーティ。ノルウェーにかぎらず、ヨーロッパでは、かつては昼に一日の中心となるディナーをとっていた。それ

はだいたい午後一時から三時頃の間で、このパーティはこの昼食パーティ。

11 ＊**〈汚れた鬘〉** 毛の薄いのを隠すカツラが古くなって汚れているということだろう。

＊**〈おやじさん〉** 原語 far（父）。なれなれしい相手に、わざとへりくだった風を見せる呼び方。

12 ＊**〈陸軍中尉〉** 原語 løjtnant は、陸軍または海軍の中尉だが、かつて狩りを得意としていたというので、陸軍中尉とした。

＊**〈マダム〉** 原語 madam。庶民階級あるいは中産階級の結婚した女性に対する呼び方。以前はブルジョワ層や下級官僚層の結婚した女性にも使われた。

＊**〈砦監獄〉** 原語 fæstning（現綴 festning 砦の意）。かつては防衛施設の砦だったところが、一九三二年まで、festningsarrest（arrest 刑務所）の名称で懲役囚の監獄として使われていた。老エクダルは中尉だったから、この監獄に収監されたと考えたのか。

＊**〈ただの刑務所〉** 原語 bodsfængslet（現綴 botsfengslet. 懲治監、刑務所）。一八四五年から五一年にかけて建設されたオスロ（当時クリスチアニア）の国の刑務所。一九七〇年に廃棄され、現在はオスロ

地方刑務所（kretsfengsel）に組み込まれた。先の「砦監獄」と区別するために、「ただの刑務所」とした。

13＊〈侍従〉原語kammerherre。本来は、宮廷で王族につきそう役割の人だが、実際には、多くの侍従は王族から与えられた称号を名のっているだけで、宮廷に仕えているわけではなかった。

＊〈モカとマラスキーノ〉原語mokka。品質の非常に高いアラヴコーヒー。一般に上質のコーヒー種を指すこともある。maraschino サクランボから作られたリキュール。

＊〈一発ひっぱたくんじゃなきゃね〉原文blåser en lengt stykke。直訳すると「長々と一吹きする」だが、意味は「無視する」。一つ前のせりふにある「一曲」の意のstykkeを繰り返している面白さを出すために、このように訳した。

＊〈ベルタ〉Berta。セルビー夫人を、ファーストネームで呼ぶことで、ことさら近しい仲であることをほのめかしている。このあと、彼女に対して、セルビー夫人と呼ぶときとベルタ夫人と呼ぶときがある。関係を示唆する言い方に三段階あるということ。

14＊〈テーブルには十三人いた〉イエスが弟子たちと最後の晩餐をしたとき、イエスを裏切ることになるユダが十三人目としてテーブルについていたことに由来して、十三は不吉な数とされる。

15＊〈**男らしくなった**〉この劇では、人物の外観を卜書きで説明することが少ないが、せりふの中で暗示する方法を意図的にとっているように思われる。ヤルマールが「男らしくなった」ということは、以前は、優男的なところがあったということを示唆している。大学生のヤルマールがそうであったことを第五幕で、医者のレリングがグレーゲルスに話している。このことは、グレーゲルスのヤルマールに対する態度の意味を暗示してもいる。48頁の注〈まだひどい顔〉参照。

19＊〈**こいつは面白い**〉原文 dette her er morsomt。morsom は、楽しい、興味深い、おかしいなどの意味で使われる。日本語の「面白い」とほとんど同様の使い方がされる語。グレーゲルスは、ヤルマールの妻と父との関係が浮かんできて、これを「面白い」と表現するが、彼の劇中の行動は、すべてはこの点から始まることになる。

21＊〈**パンチ**〉原語 punsch 砂糖、シトロン、湯（またはミルク）、アルコホール（アラックかラムなど）とスパイスをまぜた飲み物。

22＊〈**ディナー・パーティに招ばれたら、それなりのお返しはしなくちゃということ**〉原文 at bedes man til middag, så skal man også arbejde for føden。これは、創世記第三章十九節にある「お前は顔に汗を流してパンを得る」の引用と見ることもできる。創世記のこの章では、アダムとイヴが蛇にそそのかされて、神から禁じられていた果実を食べたため、神の宣告を受ける。この『野がも』では、聖書からの引用あるいは言及が多いことに注目すべきだろう。

23＊〈**トカイ・ワイン**〉原語 Tokayer は、北ハンガリーのトカイ地方で作られるハンガリー・ワイン。ぶどうが完熟したあと、一定期間おき、ある程度乾いて糖分が濃縮されてから収穫したぶどうから作られる。あるいは乾いたものに普通のぶどうをまぜることもある。

26＊〈**さあどうだか――気がつきませんでしたが**〉ルカの福音書で、ペテロがイエスを知らないと否定した言葉、「しかし彼は彼を否定してこう言った〝女よ！　私は彼を知らない〟」

27＊〈**知らないふりをした**〉前掲注を参照。ペテロはイエスを三度否認した。ヤルマールは二度否認しているが、グレーゲルスに対しては、父だと認めている。

28＊〈**エクダル**〉Ekdal セルビー夫人は、客たちのいるところでは、ヤルマールを「エクダルさん herr Ekdal」と呼んでいたが、二人だけになると「エクダル」と呼びかける。二人の関係が示唆されている。

30＊〈**国有林伐採**〉ノルウェーでは古い時代から、村人が自由に出入りするいわば〈村落共有地〉となっていた森林があり、だれもが伐採や狩りをすることが許されていた。それが、一八六三年に森林法が制定され、所有権が明確にされたことで共同地でなくなった。これには私有のものも公有のものもあったが、老エクダルは、それを無視して（実際には、知らずに？）木を伐採する指示を出して罪に問われたということだろう。ここでは、国有林を伐採したとあるが、実際には、国が定めた所有地ということだった。この劇は一八八四年に書かれたから、一八六三年は二十一年前になる。ヤルマールが結婚したのは十五年ほど前のことで、老エクダルの事件はその二、三年前と思われるから、この新法律の制定のあと数年ということになり、老エクダルはまだそれに精通していなかったとしてもおかしくない。解説参照。

31＊〈釈放されたとき〉老エクダルが刑務所に入っていた期間には言及がないが、ヤルマールのせりふから推して、そう長い間ではなかったと思われる。それでヴェルレも「二、三発弾を受けただけで」と言っているのだろう。

34＊〈ヒステリー〉原語 overspændt。この語は、大げさに興奮する症状などを指すので、ヒステリーと訳した。

39＊〈目隠し山羊ごっこ〉原語 blindebuk（blinde= 盲目、buk = 山羊）。日本の鬼ごっこと同じで目隠しした者が、逃げまわる者を捕まえて交代する。Buk は蹄のあるオスの動物を指すが、人に対して山羊と言うと、好色漢を意味する。10頁注〈女たらし〉を参照。

第二幕

41＊〈**アトリエ**〉原語 atelier。画家や写真家の仕事場を指す。通常、光を入れるガラス窓の天井、またはガラスの壁がある。

42＊〈**クローネ**〉原語 krone はノルウェーの通貨の単位。一クローネ＝一〇〇エーレ（øre）。

＊〈**バターをよく使う**〉あとで、ヤルマールがパンにバターをたっぷりつけることを好むことの伏線。

43＊〈**お昼**〉原語 middag。10頁の注〈パーティ〉を参照。家に残っていたギーナとヘドヴィクは、昼のディナーを通常より簡単に済ませたということ。

45＊〈**自分の部屋**〉このアトリエには、左右両方の壁側にドアが二つずつあるが、この老エクダルの「自分の部屋」へのドアは、すぐ前に「左手奥のドアの方に行く」とあるから、そこを指すとみられる。すぐあとには、老エクダルは左手前のドアへ入っていく。これは、台所への入り口とされている。

48＊〈**エクダル**〉Ekdal。十九世紀には、妻が夫を、丁寧な言い方として苗字で呼ぶのは珍しくなかった。

イプセンのほかの劇でも、このような例はあるが、この劇では、ギーナがヤルマールより年上だとされているることから、こう呼ぶようになっているのではないか。

＊〈十二人か――十四人〉ヤルマールがパーティでの他人の言葉や話を自分のものとして引用する始まり。

＊〈まだひどい顔〉原文 lige stygg（現綴 like 同様の、stygg 悪い、ひどい、醜い）。この劇で人物の容貌を指定するト書きはないが、グレーゲルスの場合は、このせりふでかなりはっきりと示されている。あとの方で、ヤルマールはかつて美青年だったとあるから、グレーゲルスがヤルマールをある意味で崇拝の対象としたこともうなずける。また、グレーゲルスの父であるヴェルレについて、劇冒頭で給仕が、かつては女たらしだったという噂があると話しているから、それなりに女好きのする男だったことを思わせる。そうであれば、息子のグレーゲルスが醜い男だということで、母親の容貌も推測される。事実、あとでグレーゲルスは、自分が母親似であることを言っている。ヴェルレが彼女と結婚した理由は、その容貌にあったのではなく、持参金目当てだったことをグレーゲルスに指摘され、その当てが外れたのではないかと詰問されている。ともあれ、このような類の推測を促すせりふが、この劇の特徴になっている。

51 ＊〈連中の皿に盛ってやった〉ヤルマールはパーティで恥をかいた会話を逆手にとって自慢し、それに老エクダルとギーナが応じるここのやり取りは、ほとんど漫才のようで、彼らの喜劇めいた人物性格や関係を示すものだろう。

56＊〈ポットレット〉原語 potrætt は portrett（ポートレート）の誤った言い方。ギーナはこのほかにも、いくつかの言葉を間違って言う。

57＊〈苦しみに苦しみぬいてきた〉ヤルマールの大げさな自己誇示は随所で示される。

58＊〈ボヘミアン・ダンスの曲〉ボヘミアの民謡は当時ヨーロッパでよく知られていた。特に十九世紀には、ボヘミアの多くの有能な音楽家たちが生計を立てるために広く巡業していたので、その音楽はノルウェーの首都クリスチアニアでもよく聞かれていた。

＊〈だからおれは言おう、ここにこうしておまえたちと一緒にいるのは素晴らしいことだ〉マタイの福音書第一七章四節で、ペテロがイエスに言った言葉「私たちがここにいるのは素晴らしいことです」を引いている。ヤルマールは聖書からの引用を思わせる言葉を好んで口にするが、この引用癖がかつて大学での彼の人気のもとだったのだろう。

59＊〈ヴェルレの若旦那さま〉原文 unge herr Werle。若いヴェルレさまの意（英語で言うと、Young

Mr. Werle)。

＊〈ぼくは母に似てますから〉グレーゲルスが母親似であることが、父との関係を捻じ曲げていたことは、第一幕の父との会話でも示唆されていた。48頁注〈まだひどい顔〉参照。

60＊〈奥にちょっとした広いところ〉原文 prægtige ydre rum（現綴 prektig 素晴らしい＋ytre 外の、rom 場所）。農家やアパートメントハウスにある余分のスペースで、物置とか、薪小屋とか、洗面所などとして使われた。アパートを借りるのは、多くの場合、いくつかの部屋があるフラットだが、かつては、建物全体がそれほど大きくなかったから、しばしばそのフロア全体ということもあった。したがって、ここは屋根裏全体を借りているということで、貸部屋の余裕があり、舞台の奥にある広いスペースも含まれている。

62＊〈サンドイッチ〉原語 smørrebrød（現綴 smør バター＋brød パン）。いわゆるオープンサンドで、パンの上に何かをのせているが、ここでは、「バターをよくつけて」とあるから、おそらくなにものせていないものだろう。

63＊〈注意深くなって〉ギーナがグレーゲルスの言葉になにか言外の意味を感じたことを示すト書きだが、ヘドヴィクの目の悪さが遺伝だと言ったことに反応している。また、このあと、グレーゲルスが貸部屋を借りると言い出したことに対する彼女の態度にもつながる。

＊**〈あの時間はみんなどこへ行ってしまったのか〉** これまで問題にされたことはなかったと思うが、この劇では〈時間〉と〈空間〉の対比が一つのテーマになっていると考えられる。解説参照。

65＊**〈外にさえ出ていかなきゃ〉** エクダル中尉は有罪になったために、公の場で軍服を着る権利を剥奪された。

＊**〈クマをしとめた〉** 一八四五年の調査ではノルウェーにクマは約六千頭いた。だが、狩りのために急減して、一九六五年になると約六十五頭になっていた。現在では、家畜を殺したことが明らかなクマのみ、特別な許可のもとに殺すことが許されている。

69＊**〈宙返りハト〉〈胸高ハト〉** これらの名称は、ダーウィン『種の起源』（一八五九）のデンマーク語訳者J.P.ヤコブセン（Jacobsen）が、家で飼う鳩の種類として訳した言葉。

70＊**〈トルコガモ〉** 鴨の種類の一つ。ニオイガモとも呼ばれる。

71＊**〈体に二、三発撃ち込まれ〉** ヤルマールの他人の言葉の引用癖は明らかだが、ここではグレーゲルスが、第一幕での父親の言葉を引用している。

77 **＊〈いまやときは来たらんとしている〉** 聖書のガラテア人への手紙第四章四節「しかし時の満ちるに及んで――」を引いている。

78 **＊〈もしか信じてない？〉** ヤルマールの自己賛美ともいえるせりふに、この自己懐疑の言葉が挟まれることには、注意する必要があるだろう。

第三幕

80 **＊〈通風孔を閉めた〉** ストーヴなどの通風量を調整するもので英語でダンパー（danper）と呼ばれている。長年ノルウェーの山に住んでいたグレーゲルスが、ストーヴの火のつけ方を知らないはずはないと疑問視するむきもあるらしい。だが、彼は平事務員として働いていたというが、結局は工場主の御曹子扱いされていたことを示唆しているとも考えられる。

＊〈あの豚〉 原語 den grisen（den は定冠詞）。グレーゲルスは、前幕で〈賢い犬〉になりたいと言い、ヘドヴィクはそれに特別な意味があるように感じていたが、散文的なギーナは、彼を〈豚〉と呼ぶ。

＊〈ちょっとした昼めしをかねて〉 ギーナが一つ前のせりふで朝食（frokost）と言っているが、ここ

でのヤルマールの言葉は、昼前の朝食（formiddagsfrokost）。formiddag は午前の意だが、だいたい昼の食事 middag（ディナー）をする三時頃までを指す。したがって、それまでにとる朝食で、昼食に近いということ。

81＊〈ニシンサラダ〉原語 sildesalat（silde ニシン、salat サラダ）。塩漬けにしたニシンをスライスして水で塩抜きをし、ビート、ポテト、リンゴと一緒にビネガーとオイルその他のスパイスを加えて作る。

84＊〈あんたが昼寝してるときに〉あとで、ヤルマールは昼食後に居間に引きこもって発明に専念していると言うが、実際には昼寝をしていることをギーナは知っているということ。

88＊〈あなた〉原語 De。相手を指す代名詞には丁寧な言い方の De と親しい間柄の du がある。ここで、グレーゲルスがヘドヴィクを子ども扱いせず、女性として対していることを示しているので、「あなた」とまず言うようにした。

90＊〈時間が止まってる〉ここでははっきりと〈時間〉と〈空間〉の対比が問題にされる。解説参照。

＊〈ハリソンのヒストリー・オヴ・ロンドン〉Walter Harrison の本で表題は、*A new and universal history, description and survey of the cities of London and Westminster, the borough of Southwark, and their adjacent parts.*（ロンドン市、ウエストミンスター市、サザク地区、それらの周辺区域の新しい全体歴史とその状況および統計。）ロンドンで一七七六年に出版された。

91 ＊〈**さまよえるオランダ人**〉原文 den flyvendes Hollænderen。さまよえるオランダ人の伝説は一五〇〇年頃のヴァスコ・ダ・ガマの喜望峰を回る航海のときの歴史的事件と、ある意味で、つながりがある。つまり、モチーフの一つは、聖金曜日 Good Friday の祝いを破ったこと。船長のヴァン・デル・デッケンというオランダ人が聖金曜日に航海したため、上陸せず海をさまようという罰を受けた。ヴァグナー（Wilhelm Richard Wagner 一八一三―八三）は一八三九年の航海で嵐に遭い、ノルウェーのアーレンダール近くの海岸に漂着した経験があり、歌劇『さまよえるオランダ人』（Der fliegende Holläder）のテキストと曲を書いた。この歌劇は一八四三年にドレスデンで初演されている。

92 ＊〈**わたしの野ガモ**〉ヘドヴィクが、野がもを「わたしの野ガモ」と言うのは、彼女の最後の行為とつながるものとして、劇全体をとおして見られる彼女の特異な在り方を示唆しているだろう。

＊〈**彼女**〉原語 hun（英語の she）。ヘドヴィクは野がもを指す代名詞として非人称的な den（英語の it）から、ここで人称代名詞の hun に変えている。グレーゲルスもヤルマールも老エクダルも野がもを den と呼ぶときと hun と呼ぶときがあるが、話し手の心情の変化を表すとみられる。動物としての対象とみるときと、野がものの状態のことを言うときの違いであろう。

＊〈**うなばらの底**〉原語 havsens bund（hav = 海、bund = 底、-sen はある種の名刺の語尾に付けられて、強調の意味をもつ）。矢崎源九郎訳『野鴨』（新潮文庫一九五四年）以来、「うなぞこ」と訳すのが一般的になっているようだが、意味を明確にするために「うなばらの底」とした。

95 ＊〈**ゆうぞうむぞう（有象無象）**〉原文 kreti og preti は正確には kreti og pleti だが、よく間違って使われるらしいので、「うぞうむぞう」というところを「ゆうぞうむぞう」とした。サミュエル記下第八章一八節にこの句がある。kreti はクレタ人の守衛軍の人、pleti はペリシテ人のことで、og は英語の and だが、「そこいらのだれでも」の意で使われる。

96 ＊〈**二連発ピストル**〉原文 en dobbeltløbet pistol。二発つづけて撃てるピストル。その後、六発から十二発連発できるリヴォルヴァー（回転式拳銃）ができる。

＊〈**ピグストール**〉原語 pigstol は pistol（ピストル）の一般的な言い間違い。

＊〈**ネツナカしてる**〉原語 dividere は divertere（面白がるの意）の言い間違い。次にヤルマールが怒って divertere と訂正している。

100 ＊〈**灰色の服**〉一八三五年に囚人服の色は暗灰色に定められた。

101 ＊〈**おれにはそれが理解できなかった**〉この文句を二度つづけて言うここのヤルマールのせりふは、一種の演説調になっている。ほかでもときどき彼は、かつての朗誦癖を見せる。

102 ＊〈**居間に引きこもってる**〉ヤルマールが食事後に居間にこもって、実際には昼寝していることを、ギーナもヘドヴィクも知っていて許容しているということだろう。

105 ＊〈**食べて飲んで、愉快にやろう**〉ルカの福音書第一二章一九節「たましいよ、お前には長年分の食糧がたくさん蓄えてある。さあ安心せよ。食え、飲め、楽しめ」を引いている。しかしこの福音書の言葉は、金持ちが自己満足で言っていることだから、ヤルマールの生半可な知識のアイロニーが意図されているのかもしれない。

106 ＊〈**デモニック**〉原語 dæmonisk。悪霊に取り憑かれている人の意。悪い力（他人を従わせたり害をなす）である破壊力をもつ。

108 ＊〈**ごゆっくり**〉原語 God appetit（現綴 appetitt）。「いい食欲を」の意で、英語でいう good appetite。

110 ＊〈**ただ一つの報酬**〉これの前には父親が軍服を着ることが許されることを発明の唯一の報酬として要求すると言っていたが、ここではヘドヴィクのためと言い、このあともそれがまた変わる。

＊〈**沼の臭い**〉原語 sumplugt（sump ＝沼＋lugt 現綴 lukt ＝臭い）。一つ前のせりふでグレーゲルスが「沼っ気」（sumpluft. luft ＝空気）と言ったのをギーナは lugt ととって、換気していると答えている。

116 ＊〈**ぼくが生きている間はつづく**〉この言葉は、劇最後のグレーゲルスの言葉「テーブルの十三人」に響き合う自殺願望を指しているか。

117 ＊〈**昼の食事**〉原語 middagsmaden（middag ＝正午、また昼のディナー、maden 現綴 maten ＝食事）。昼のディナーは通常三時頃までに食べる。したがって、ディナーの時間が過ぎたというのは、夕方だということになる。

118 ＊〈**とても変だと思う**〉ヘドヴィクは、第二幕の最後でグレーゲルスが帰ったあとに、彼が犬になりたいと言ったのは、別のことを意味していたのではないかと推測していたが、この幕でもグレーゲルスとヘドヴィクの間になにか心のつながりがあることを示唆しているようである。二人があるいは異母兄妹であることを暗示しているともとられよう。解説参照。

第四幕

119 ＊〈**湿ったガラス盤**〉原文en våd glasplade（en不定冠詞、våd現綴våt湿った、glasガラス＋plade現綴plate板）。一八五一年にイギリス人F．S．アーチャーが写真技術発展の一段階としてはじめた湿ったガラス盤（コロジオン方式）のこと。その使用は、それ以前の方式に対して、大きな利点を示した。一八七〇年代終わりにかけて、この方式は、より繊細な乾盤の使用に取って代わられたが、ここではまだ旧式のものを使っている。

120 ＊〈**冷めてしまう**〉この幕の冒頭のト書き指定で、太陽が沈みかけているとあるから、夕方ということだが、冬の北欧では（ここはノルウェーの首都のクリスチアニア、現オスロと思われる）、午後の三時頃から薄暗くなる。「ご飯が冷めてしまう」のは、前幕でヤルマールが出ていくときは遅い朝食が終わっており、本来の昼食は帰ってから食べると言っていたからだ。冷めるというのは、これがいわばディナーで、一日のうちで通常は唯一の温かい食事だから。

123 ＊〈**それを無視すれば魂に傷がつく**〉マタイの福音書第一六章二六節に「人は、たとえ全世界を手に入れても、自分の命を失ったら、なんの得があろうか」とある。ノルウェー語の聖書では、「自分の命を失ったら」が「自分の魂に傷をうけたら」（直訳）となっている。

127 ＊〈**モト愛人**〉原語forgænger（現綴forgjenger）。「前任者」の意だが、こう訳した。

128 ＊〈**二つも年上**〉この劇で、各人物の年齢は指定されていないが、下書メモでは、ギーナは三十七歳とされ、ヤルマールは三十五歳から三十七歳に変えられ、また三十五歳に戻っている。ともあれ、二人は三十代後半とみていいが、十五年前に結婚したとすると、そのときヤルマールはまだ二十代初めだったことになる。

129 ＊〈**満足そうに輝いた顔**〉グレーゲルスは、どちらかというと堅苦しい人物に見られるかもしれないが、ここに示されているような、いささか非常識な滑稽味もある男と見た方がいいだろう。

131 ＊〈**苦い汁を飲んで**〉十字架上でイエスが口に含ませられた酢入りのワインを指す。マタイの福音書第二七章四八節参照。

134 ＊〈**声変わりの時期**〉男子は十四歳から十八歳の間。女子は十二歳から十四歳の間がこれにあたるとされる。

＊〈**あなたなのベルタ**〉原文 er det dig, Berta。名前で呼び、互いに親しい二人称代名詞（dig は du の目的格）を使っていることから、二人がヴェルレの屋敷に仕えて親しい間柄だったとわかる。

135 ＊〈**特別な許可**〉原語 kongebrev（字義は国王の手紙）。国王の決定を記した文書にはすべて国王の名が記されるが、一七〇〇年代からは、特に結婚許可の文書の意に使われた。この劇の書かれた（一八八四年）頃には郡長の結婚許可が教会での公示なしで有効になった。

136 ＊〈**へんてこなこと**〉原語 aparte menter。aparte（普通でない、奇妙な）の個人的言いぐさ。この言いかたがおかしいから、ヤルマールは怒って「黙ってろ！」と言う。

138 ＊〈**それは黙ってて**〉真実の上に築かれた家族を提唱しているはずのグレーゲルスが、ヘドヴィクがヤルマールの子ではないかもしれないという事実は隠したがっているという矛盾が示されている。

142 ＊〈**全然違うよ**〉ここでのヤルマールの理屈に、グレーゲルスは答えられない。

144 ＊〈**嬢**〉原語 frøken（英語の Miss にあたり、その用法の時代的変化も似ている）。かつては、上流階級の未婚の若い女性を指す語として用いられたから、堅信礼を受けるとすぐに frøken と呼ばれた。多くは十四歳から十六歳の間に堅信礼を受けたが、ヘドヴィクは、十四歳になるところで、おそらくまだ堅信礼を受けていないと思われる。それで、frøken と呼ばれることが嬉しかったのだろう。

146 ＊〈**百クローネ**〉『野がも』の五年前に書かれた『人形の家』では、ノーラの家族が一年間イタリアに住む費用として四千八百クローネとされている。これは当時の公務員の年俸に相当したらしいから、今日の日本円では一クローネを千五百円から二千円くらいと考えられようか。そうすると百クローネは十五万円から二十万円になる。だが、そうなると、第二幕冒頭で、買ったバターの値段が一クローネ六十五だったというのは、やや高めに感じられる。あるいは、これはいかに多くのバターを買ったかを示しているのかもしれない。バターを多く使うとも言っているからだ。

155 ＊**〈理屈の要求〉** 原文 den intrikate fordringen。ギーナは ideale fordringen（理想の要求）を誤解して intrikate（複雑な、難しい）要求と言っているので、「理想」に合わせて「理屈」とした。

第五幕

160 ＊**〈オールドミス叔母さん〉** 原語 tante-frøkenerne（tante おば、frøken 一四四頁注）。未婚の叔母ということなので、このように訳した。

163 ＊**〈生きるための嘘〉** 原語 livsløgnen（liv 生命、løgn 嘘）。字義は「人生の嘘」だが、人生は虚像という意味でなく、生きることの嘘、つまり生きるための嘘の意。

164 ＊**〈腸チフスと発疹チフス〉** 原文 tyfus og forrådnelsesfeber は「チフスと感染症熱」だが、ここでの意味が明確になるように、「腸チフスと発疹チフス」とした。

165＊**〈パパさん〉**原語 fatter。ノルウェー語の「父」の言葉は far だが、ここでややふざけ気味にドイツ語風の古い言葉を使っているので、「パパさん」とした。

167＊**〈コッヒー〉**原語 kaffien。通常の kaffe をギーナは庶民風にこう言っている。

169＊**〈頁の切ってない〉**原文 ikke er nogen perm på（装丁されていないの意）。当時の本や雑誌は、装丁される前の、頁が切られていない状態で売られていた。頁を切りながら読んだが、必要であれば、それを装丁して保存した。ヤルマールが読んでいないことを意味している。

174＊**〈命を縮める気は毛頭ない〉**帽子なしでは命にかかわる寒さだということだが、ノルウェーの冬には、寒い日も多いけれども、ヤルマールの一種の誇張癖ともとられる。

175＊**〈バター〉**ヤルマールは、この屋根の下ではものを口に入れないとか、レリングたちのことを考えると食欲がなくなると言いながら、つい出されたコーヒーを飲み、サンドイッチを食べて、もっとバターを求めている滑稽さ。

179＊**〈言葉に尽くせないくらい〉**原語 usigelig がここで四回繰り返されている。このせりふが演説調であることを示唆する。

182 ＊〈おまえはお父さんのために、喜んでその人生を手放す気持ちがあるか〉　原文 er du villig til at gi slip på livet for mig?　この問いは、ヘドヴィクに、お父さんのために命を投げ出す気があるか、と問うていると解釈するものと（多くの英訳者がそうであり、かつての私もそうとっていた）、ほかの連中がヘドヴィクに、わたしたちと一緒に楽しい生活を送ろうと勧めたときの、その生活をあきらめるか、と問うていると解釈するものがいる。前者の解釈は、この問いが次のヘドヴィクの自死行為を招くとするもの。しかしそれは、ヤルマールの言うほかの連中の誘いとはつながらない。そのつながりをつけるのが後者の解釈だが、これがどうしてヘドヴィクの自分を撃つ動機になるのか疑問になる。これは、ノルウェー語の liv（-et は冠詞）が、英語の life と同じで、「命」の意とも「生活」の意ともとられるからだが、語学的にはヤルマールは後者の意味で言っているとするのがノルウェーの研究者には多い。いずれにしても、前後のつながりに不整合のあることを否めない。父が自分の命を求めているとヘドヴィクが考えるのは、彼の言い方の紛らわしさ（修辞性）のせいとする見方、また、ヘドヴィクは奥部屋で、彼の言葉を明確には聞き取れずに誤解したとする見方もある。だが、そもそも奥の部屋で舞台の声が聞こえる設定になっているかという疑問もある。ともあれ、イプセンは liv（life）の多義性を利用し、その紛らわしさにヤルマールの常套的な修辞癖を加えて、観客がなんとなく納得してしまうことを意図したのではないか。したがって、liv を二重の意味ととれる「人生」と訳し、装飾がかった言い方を、「手放す」と訳した。

187 ＊〈なにゆえに我を見捨て給うや〉原文Hvi gjorde du mig dette!（直訳、なにゆえに、わたしにこのようなことをされ給うたのか。Hvi は hvorfor なぜ、の古風な言い方）。マタイによる福音書第二七章四六節に、イエスの十字架上の最後の言葉として、「エリ、エリ、レマ、サバクタニ Eli, Eli, lama sabachthani」と叫んだとある。これは「わが神、わが神、なぜわたしをお見捨てになったのですか」という意味だと書かれている。ここのヤルマールの言葉は、彼の聖書引用癖の仕上げと見ることもできるので、あえて、マタイ伝の言葉をもってきた。ギーナが「そんな大それたことを言うもんじゃない」といさめているのは、ヤルマールがこの言葉の前に、「もし神がいますなら」と言っていることに対してだとも考えられるが、ギーナの「言うもんじゃない」と訳した動詞 anmasse は、不法に奪うという激しい意味なので、ヤルマールが自らをイエスに譬えていることを非難していると見た方がいい。

188 ＊〈子どもは死せず、ただ眠りしのみ〉マルコの福音書第五章三九節にあるイエスの言葉「子どもは死んだのではない。眠っているだけである。」そう言ってイエスは十二歳の少女を蘇らせた。

189 ＊〈主を讃えん〉ルカの福音書第一章六八節「主なるイスラエルの神は、ほむべきかな」

＊〈汝は大地に還りませり〉教会での死者の埋葬のときの決まり文句。

＊〈**台所を通って**〉ヘドヴィクの部屋へは台所を通って行くということ。

190 ＊〈**一年もたてば**〉原文は tre fjerdingsår（tre＝三＋fjerding＝四分の一＋år＝年）。つまり四分の一年が三回だから九か月だが、わかりやすく一年とした。

＊〈**知ったことか**〉原文 fan' tro det（fan' は fanden で悪魔のこと、tro は「信じる」、det は指示代名詞）。言われたことから距離をおく態度を示す言い方。ここでは「信じない」の意味を短く強調した言葉になっているが、グレーゲルスを突き放す意を表しているので、こう訳した。10頁の注〈知るかそんなこと〉に記したように、この言葉が、劇冒頭の下僕の言葉に対応していることは、示唆的だろう。解説参照。

『野がも』（*Vildanden*）について[1]

毛利三彌

『野がも』は、一八八四年十一月十一日に初版八千部で出版された。期待の大きさに、二十日後に二刷が出された。過激な問題劇と思われた『人形の家』（一八七九）、『ゆうれい』（一八八一）、『人民の敵』（一八八二）は、イプセンを演劇界の最前線に送り出していたから、次に来る作品を人々は固唾をのんで待っていたのだろう。ところが、この劇は過激どころか、むしろ生きるための嘘を推奨する保守思想に転向したかと思われた。出版後の評判も芳しくなかった。批評家たちは、勝手に解釈はするものの、この劇は何を言いたいのかわからず、イプセンとしては劣等作と断じた。[2]僚友のビョルンソンまでが、ヘドヴィクの死に「反吐が出そうだ」と言ったという。[3]それで、世間の関心も急速に萎み、三刷が出るまでには三十年かかったという。

だが、世の批評家の戸惑いは、そもそもイプセンの予想していたことだったように思われる。彼は、この劇を書いているとき、酔狂（galskap 狂っていること）に駆られていると言ったが、最終稿を出版元に送ったときの手紙にはこう書いた。

「この新作戯曲は、ある点で、わたしの作品中、独自の位置を占めています。いくつかの点でこれまでのものとは手法が異なるからです。その点はこれ以上言わないでおきましょう。批評家たちがおそらく違いを探してくれるでしょうから。ともかく、彼らはあれこれ大いに論じ解釈するでしょう。そして『野がも』は、たぶん、若い劇作家たちが新しい道に踏み出すのを助けるものになると思います。それは望ましいことだと考えます。(4)」

『野がも』を書いているときのメモの一つには、「今日、すべての詩作品は、境界線を越えるという課題を課せられている」とも書かれている。(5)

しかし、批評家の困惑は変わらぬまま、作品の評判は次第に変わっていく。二十世紀になると、『野がも』をイプセンの最高作の一つとする批評も輩出してくる。どうして風向きが変わったのか。近代劇作家としてのイプセンの評価が世界的に高まっていったからか。あるいは、演劇に対する一般の好みが変化したのか。言い換えれば、世紀末の新しい芸術風潮の中で、訳のわからない劇をかえって好むようになったということか。社会思想家としてのイプセンの評価は下がっていっても、むしろ劇詩人として見直され始めた。そのイプセンの詩人性をいち早く認めた一人に、若き詩人のリルケがいる。一八九一年にパリ自由劇場が上演した『野がも』の舞台を見たとき、リルケはこう述べていた。

「何か偉大で深遠で本質的なものがありました。最後の審判、終局、そして突然偉大なイプセンが初めてわたしを眺め給うという時を感じたのです。新しい詩人です。……そしてまたもや、名声のさなかにあって誤解されている人。世の評判から考えていたのとはまったく違った人。(6)」

『野がも』には、前作の『人民の敵』とはうって変わって、多くのメモと下書稿が残っている。それで制作過程がかなりはっきりとわかる。初めの構想では、二組の対照的な境遇の家族、その父子をテーマとするつもりだったようだ。初期のメモに、E・LとA・Kと記されている。E・Lはイプセンの現存するもっとも古い肖像写真を撮った写真家で文筆家でもあるエドヴァルド・ラルセン（Edward Larssen）。ヤルマールのモデルと思われる。A・Kは急進思想の小説家だが、大金持ちの実業家でもあるアレキサンダー・ヒェラン（Alexander Kielland）。グレーゲルスのモデルらしい。現実の知人をモデルとした初めの構想では、当時の政治的、経済的混乱状況を背景にして、上昇家族と没落家族を生む社会問題が念頭にあったようだ。やはり社会問題劇の流れに掉さすものだったということか。

当時の混乱は、一八八〇年から八四年までつづいたノルウェーの政治体制をめぐる対立によって生じていた。ノルウェーはナポレオン戦争のあと、敗戦国のデンマークの属領から、戦勝国のスウェーデンによる連合王国に組み込まれたが、独自の議会をもつ自治権は与えられた。だが、内閣は国王であるスウェーデン王の指名によったから、議会とは別機関として、政府は議会に諮ることなく行政を進めることができた。独立を願うノルウェー議会は、内閣の議会参入を求める議院内閣制に改める法案を一八八〇年に可決するが、拒否権をもつスウェーデン王はこれを拒否。法案は三度とおったが、三度とも拒否される。しかし、同じ法案が三度可決されたときは国王の拒否権はなくなると主張され、基本法（憲法）に記載がないため、王の拒否権は絶対的か条件付きかで対立する。議会は国王側につく内閣を弾劾裁判にかけた。これは、保守的な都市の官僚層と、独立を願う市民層および地方の農民層の連合勢力との対立となり、ほとんど内乱状態といえるほどの混乱に陥った。四年後に国王が譲歩し、混乱はようやく収まる。イプセンは当時イタリアに住んでいたが、祖国の状況が気がかりで数か月間『野がも』の執筆に向かうことができなかったと述べている。そして次第に、彼の関心は外的状況から内的状況へと移り、二つの家の確執から、一方の家族の日常生活に焦点が合わされていく。イプセン自身のかつての生活が、それに重ねられていったきらいもある。

少女ヘドヴィクの名前は、イプセンが十五歳で家を出たあと、家族とのつながりを断絶した中で唯一手紙のやり取りをした妹の名前だ。そして、イプセンの生まれた町シェーエンの郷土史家は、一家が経済的没落で郊外に移り住んだとき、借りた家の大きな屋根裏部屋が、まさしくエクダル家のアトリエのモデルだと考証した。(7) そこには、かつて〈さまよえるオランダ人〉と呼ばれた船乗りが住んでいて、彼の残していった本を少年のイプセンは好んでいたという。イプセンが家を出たあとに両親は離婚する。イプセンは母親の不倫の子だと言う噂が立っていた。それは事実ではないと郷土史家は、シェーエンを訪ねたわたしに断言したが、イプセンがその噂を知っていたことは確かのようだ。そして彼自身、家を出て、小さな町グリムスタの薬屋に住み込みで働いているときに、十歳年上の手伝いの女性との間に子どもをつくった。実家に戻されたこの母子と、イプセンは生涯つながりを断つ。実は、貿易業にたずさわっていたイプセンの父の経済的没落も、当時のノルウェーの森林輸出がカナダのそれに押されて不振になったことが理由だった。批評家には、ヤルマールとグレーゲルス、それにレリングの三人ともに、イプセン自身の部分的投影、あるいは自己審判のあとを見るものもいる。

それでも、この劇で、ヴェルレ家を上昇させ、エクダル家を没落させた社会状況は無視されていない。注に記したが、一八六三年に新たな森林法が制定され、それまで共有地として利用されていた領域が、個人あるいは国の所有地となった。それを知らずに、老エクダルは違法を犯してしまったのだろう。土地所有の境界線を明確にすることは近代租税法の基盤であり、それが近代国家成立の重要な土台の一つであることは言うまでもない。一八六〇年代七〇年代は、ノルウェーが経済的に近代化に向けて大きく踏み出した時期、製材はノルウェーの主要産業の一つだった。イプセンは、『野がも』でそれまでの鋭い社会批判から転換したと見られたが、国家近代化の矛盾を背景とするという基本姿勢は変わっていなかった。その上で、〈酔狂〉のままに、それまでの劇作法を転換してみせたわけだ。

たしかに『野がも』には、それまでのイプセン作品とは異なる劇作法が見られる。そしてその魅力にわれわれは否応なく引きこまれるところがある。だが、何に惹かれるのかと問われると、答えるのが難しい。いろいろな要素が、ほとんど統一なく散らばっていて、一つ一つの場面は大いに魅力的だが、全体を貫くタテ筋がはっきりしない。イプセン現代劇としては例外的に多くの人物が登場する中で、だれが筋を進める中心的な人物か、すぐには決められない。重要人物は三人いる。グレーゲルス、ヤルマール、ヘドヴィク。三人はいわば三つ巴となって結び合っている。

それまでのイプセン劇は、対立する立場、原理に立つ二人の人物の議論を核として成り立つことが多かった。『野がも』では、グレーゲルスとレリングが対立する原理に立っているように思われるが、そしてそのために、イプセンはレリングの〈人生の嘘〉の側に与していると思われたが、実際には、二人は対立するのではなく、ただ自分の考えを吐露しているだけだ。レリングは中心的な人物ではないから、彼らの対話も劇の中核として位置づけられてはいない。グレーゲルスと父のヴェルレの場合も同じ。劇は、ヤルマールがグレーゲルスの言うことに巻き込まれ、その渦から抜け出ると、今度はヘドヴィクが引き込まれる形で進む。ヤルマールは喜劇的だが、ヘドヴィクは悲劇的。だがこの劇では、喜劇が悲劇を包んでいる。

第一幕のパーティ客たちは、人物表に戯画化された名前で記される。しかし、劇中では彼らは苗字で呼ばれるから、人物表の名前は観客には知らされない。イプセンはおそらく、劇を読むもの、演出家や俳優たちに、この劇が喜劇的雰囲気をもつことをまず示唆したかったのだろう。だが十年ほどあとのことになるが、『野がも』がコペンハーゲンで上演されたとき、それを見たイプセンは、過度にファルス（笑劇）的に演じられていると不満を述べたという。この劇は悲喜劇なのだ。そうでなければ、ヘドヴィクの死は理解不可能になると。(8) たしかに、可憐な少女ヘドヴィクの死は、われわれの胸を締めつける。だから、悲喜劇と呼ぶことにも違和感をもつ向きはあるかもしれない。しかし、彼女の死を目の当たりにしたときのヤルマールの振る舞いは、沈痛な場を喜劇の雰囲気で覆ってしまう。(9) それは悲劇を消すのではない。悲劇と喜劇が重なり合っている。まさに悲喜劇。

実は、ヘドヴィクは最終稿になって劇世界に導入された。同時に〈野がも〉も入ってきた。創作の最終段階で決定的といえる変更が加えられるのは、イプセンには珍しいことではないが、『野がも』のこの変容は、〈酔狂〉の最たるものに思われる。ヘドヴィクと〈野がも〉が、この劇に深みを与え、また訳のわからなさを増大させていることは否定できないからだ。

〈野がも〉が一種のシンボルであることはわかる。だが、何を象徴しているのか。これも見方が分かれる。それに、シンボルといっても、〈野がも〉は現に屋根裏部屋に生息している動物である。ところが、そこに住むほかの動物たちと違い、観客からはまったく隠されている。それで、この部屋で〈野がも〉を見るだれもが異なる見方をする。というより、彼らの〈野がも〉とのかかわり方で、それぞれの人物像がわれわれの前に浮き出てくる。老エクダルには、野生の鴨の存在が部屋を鬱蒼たる森林と幻想させ、ヤルマールは、実際には不可能と思われる野がもの室内生息を可能にしたことで自己信頼を得ている。野がもといちばん強くつながっているヘドヴィクは、「わたしの野がも」と言い、お祖父さんやお父さんに好きなときに貸しているのだと。しかし、彼女自身が野がもに接触すること、つまり奥部屋に入ることは最後の幕までない。グレーゲルスは、ヤルマールを野がもと重ね合わせる。そして、父に撃たれた野がもを沼底から引き揚げた賢い犬に自分はなりたいと言う。その彼を、ギーナは豚と呼ぶ。現実的な彼女は野がもに何の特別な感情ももたない。このように、〈野がも〉は、いわば人物たちを映す鏡だといってよい。鏡は、自己の存在を示さない。前に立つものを映すことで初めて存在が意識される。

ヘドヴィクは、ちょうど満十四歳になるところ。この年にしてはいささか幼い感じがするが、まさに思春期の少女だ。彼女は、グレーゲルスの言うことに何か別の意味があるように思う。それだからか、あるいはグレーゲルスもまだ思春期を抜けていないといえるからか、二人はすぐに親密になる。ヘドヴィクがヤルマールを愛していることは事実だが、内的につながるのは明らかにグレーゲルスの方だ。第三幕で、二人が初めて言葉を交わすと、すぐさまある種の共感が生れ、ヘドヴィクは、奥部屋にあるさまざまの家具について話す。なぜか〈さまよえるオランダ人〉と呼ばれた老船長のおいていったもの。大きな時計。それは止まったまま……

「それじゃ、時間が止まっているんだね、野ガモのところでは」

「そうなの」

そして野がもの話になると、グレーゲルスは、それが〈うなばらの底〉にいたと表現する。ヘドヴィクは驚く。なぜかというと、

「どうしてかというとね、いつでも――急に――あの裏部屋のことを思い出そうとすると、きまって、部屋全体、なにもかも一緒になって、うなばらの底って感じがする――でも、そんなのくだらないでしょ。」

「そんなことちっともない。」

「そうよ、だってあれはただの屋根裏だから。」

「(じっと彼女を見て) ほんとうにそう思う?」

「(おどろいて) あれ屋根裏だってこと!」

「そう。たしかにそうだとわかってる?」

(ヘドヴィクは沈黙して、びっくり顔で彼を見つめる。)


ここでは、時間は止まって、空間が大きく、だが隠れて広がっている。これはどういうことなのか。ヨーロッパのドラマの伝統では、悲劇は時間の流れにより、喜劇は空間の広がりの上に展開する。悲劇は観念的、形而上的であり、喜劇は現実的、日常的である。[10]『野がも』の舞台は、第一幕のヴェルレ家から第二幕以降のエクダル家に不均衡に分けられているように見えるが、劇は、過去が問題になるヴェルレ家から、現在の生活に満足するエクダル家に移ったことを意味している。レリングの言う〈人生の嘘〉とは、「現在に満足せよ」[11]ということに他ならない。その現在の空間に、過去の行為を問う異分子が闖入する。そのグレーゲルスがヤルマールをかき回すが、結局は変わらない。老エクダルは何があっても微動だにしないし、グレーゲルスをほとんど本能的に毛嫌いするギーナは、ヘドヴィクはだれの子かと問うヤルマールに、「わからない」と答える。客の笑いを誘うところだが、現実的なギーナには「わからない」というのがほんとうなのではないか。イプセンは、確定的なことはなにも示さない。

そして唯ひとり、ヘドヴィクが、グレーゲルスの不思議さ、現実離れした観念性にとらわれる。父が不可解にも自分を捨てて出ていったとき、「死んでしまう、死んでしまう」と泣き叫ぶが、グレーゲルスと二人残されると、なぜか落ち着いてきて、思いを語る。グレーゲルスが、父の愛を取り戻すために、いちばん大切にしている野がもを生贄としてささげることを勧めると、ヘドヴィクは即座に納得し、明日お祖父さんに野がもを撃ってもらうと答える。野がもを撃つことが、なぜヤルマールの愛を取り戻すことにつながるのか。これが理に合わないことを、ヘドヴィク自身、翌朝の明るさの中で気づく。だが、おかしさに気づきながら、ヘドヴィクは老エクダルに野がもの撃ち方を聞く。そして、またもや父の拒否にあうと、ピストルをとって彼女の世界〈うなばらの底〉に入っていく。このとき彼女は、お祖父さんに頼むのではなく、自分で野がもを撃つつもりになったのか。それとも、ここですでに自分自身を撃つ決心をしたのか。しかし、最大の疑問点は、彼女がピストルを撃つタイミングあるいはきっかけにある。

ヘドヴィクを自分の子ではないと思い込んだヤルマールは、ヘドヴィクに二つの条件を出す。それにピストルの音が反応する。

①「……たとえば、やつらがやってきて、手に贈りものをいっぱい持って、そしてあの子に呼びかけたら、その男を捨てなさい、わたしたちと一緒に楽しい人生を生きていきましょう――」
「(急いで)うん、それでどうなると思うんだ?」

②「もしおれがあの子にたずねたら、ヘドヴィク、おまえはお父さんのために、喜んでその人生を手放す気持ちがあるか? (自嘲の笑い)いや結構――どういう答えが返ってくるかね!」

③(裏部屋でピストルの音。)

注で述べたように、①②③の流れに整合性をみるのは難しい。下書稿では、グレーゲルスとヤルマールのやり取りが説明的で、不自然なほどにもって回ったせりふ運びになっていた。最終稿では、あえ筋の流れとせりふ運びに格段の深さと洗練さが増している。ヘドヴィクの反応の理不尽さは、あえて意図されたことではないか。もしレリングの言うとおり、ヘドヴィクはピストルをまっすぐに自らの胸元に向けたのなら、「わたしの野がも」が「わたしは野がも」になったということか。

しかし野がもは、相変わらず奥部屋に住んでいる(はずである)。だから老エクダルは、平然として彼の森の中に入り、ヤルマールの嘆きの自己陶酔はやむことがない。空間(世界)は変わらない。ヘドヴィクが運び出されたあと、舞台に残ったグレーゲルスとレリングの対話がこの劇を締めくくる。ヘドヴィクの死はヤルマールに崇高な気持ちを取り戻させたと言うグレーゲルスを、レリングは冷笑し、グレーゲルスは言い返す。

「もしあなたの言うことが正しくて、ぼくが間違っているなら、この人生は生きるに値しない。」

「いや、人生は十分に素晴らしいものですよ．ただ、われわれ貧乏人の戸口にやってきて、理想の要求とやらをつきつけるありがたい集金野郎どもからまぬがれてさえいればね。」

「（前方の空《くう》を見つめ）もしそうなら、ぼくは自分の運命がこうなっていることを喜びます。」

「失礼ですが――あんたの運命とはどういうものですか？」

「（行きかけていて）テーブルについた十三人目。」

「テーブルについた十三人目」は、第一幕で豪商ヴェルレがヤルマールを一瞥しながらグレーゲルスに言った言葉。グレーゲルスは、恐れていた父からようやく精神的に独立できたと言うが、相変わらず父の影響下にある。グレーゲルス・ヴェルレという名の十字架を背負っているつもりだったが、ただ十三人目であるにすぎなかったのか。

「知ったことか」

この幕切れのレリングの言葉は、この劇に魅了されているわれわれに対する、イプセンの冷笑的な言葉であるようにも響く。

それから十年以上すぎて、ロシアの若い作家が、〈野がも〉を〈かもめ〉にし、主人公がピストルで自死する劇を書いて喜劇と銘うった。(12) それはいまも批評家や演出家を悩ませている。

注

(1) わたしの詳しい『野がも』論は、拙著『イプセンのリアリズム—中期問題劇の研究』(白凰社、一九八四年)第四章『野鴨』を参照。

(2) すでに世界的に著名になっているイプセンの新作をむげに悪く評することはできない雰囲気が感じられるが、たとえば、首都の新聞は、第一幕とそれ以降の分断に納得できず、「最後のヘドヴィクの死は悲しいというより苦痛であり、全体的に印象は空虚で不快の感情を遠く離れたものではない」と書いた(Morgenbaladet 一八八四年十一月十六、十九日)。西海岸のベルゲンの新聞は、「イプセンは、詩作品が人を高尚にできると信じていないから、問題の所在は見事に示すのだが、前に進む道を示すことはしない。」と書いている(Bergens Tidende 八四年十一月十五日)。

(3) ビョルンソン(Bjørnstjerne Bjørnson)のヒェラン(Alexander Kielland)宛書簡(八四

年十一月二十五日)
(4)一八八四年九月二日出版元フレデリック・ヘーゲル(Frederik Hegel)宛書簡
(5)Henrik Ibsen *Samlede Verker* Tiende Bind, Oslo: Gyldendal Norsk Forlag, 1932, "Innledning av Francis Bull," p.24.
(6)*Selected Letters of Rainer Maria Rilke*, trans. R.F.C. Hull, London: Macmillan, p.95.
(7)Einar Østvedt, "Mørkeloftet og miljøet i《Vildanden》," *Ibsenårbok* 1957-59, Skien, 1959, p. 93-108.
(8)Henrik Ibsen, *Ibid*, p.38. に引用されている。
(9)リルケのパリ自由劇場の感想は、先の引用(注6)のあとに、次のようにつづいている。「そしてもう一つの経験は、フランス人観客に例のない笑いです(ピットでは非常に低い笑いでしたが)。指をこする音さえも邪魔になるような、たとえようもなく微妙な、優しい、そしてもっともつらい場面で、笑いが起こっていたのです!」
(10)ここでわたしの悲劇論、喜劇論を展開する余裕はないが、少なくともシェイクスピアでは、そう言える場合が多い。イプセンの劇作初期にはシェイクスピアを意識したものも少なくないが、現代劇では、おそらくその意識は薄かっただろう。
(11)『ペール・ギュント』の醜い魔物トロルのモットー〈己自身に満足せよ〉につながるだろう。ヤルマールを現実世界のペールと見る見方もある。

（12）チェホフが、『かもめ』創作にイプセンの影響を受けたかどうかは不明だが、『野がも』のロシア語訳は一八九二年に出ており、『かもめ』は一八九六年に書かれた。『かもめ』に『野がも』と共通した要素が少なからず見られることは否定できない（Martin Nag, *Ibsen i russisk åndsliv*, Oslo: Gyldendal, 1967, p. 112-14. 参照）。

あとがき

わたしがイプセンに近づいたきっかけは、アメリカの大学で、演劇学科の公演として『野がも』が上演されたのを見たことだった。その舞台に何か惹かれるものを感じ、ほかのイプセン劇も知りたいと思って英訳本を買ってきて読んだ。そしてわたしは、弾を二、三発どころか、ほとんど致命傷を受けて、頭から〈イプセン沼〉に落ち込んだ。まさに泥沼、いったいどこまで沈むのか？と思っていると、どこからか〈犬〉が飛び込んできて、わたしをくわえて引き上げ、そのままノルウェー語のクラスに放り込んだ。あげくのはて、ノルウェーの大学の夏期講習にまで引きずっていったから、あれは〈賢い〉犬だったのか〈意地悪〉犬だったのか。とどのつまり、わたしはイプセンでMA（修士）論文を書いて大学院を出た。半世紀以上も前のことである。

日本に戻っても、『野がも』は、ずっと心に引っかかっていた。だから、俳優座がイプセンの生誕百五十周年記念にこの劇を上演したときは、翻訳者として頻繁に稽古に顔を出した。

その後、名取事務所が、わたしの翻訳によるイプセン現代劇全作品の連続上演を企画し、わたしが演出も担当することになった。『野がも』はなかなか手がつかなかった。とうとう最後になって覚悟を決め、「アチャラカ喜劇」の副題で、多少アドリブ風のせりふも加えた上演台本*を作った。原作尊重の意図をなくしていないと言い張っていたが、出来具合はやはり中途半端。小手先のいじりで済むような代物ではなかった。

そこで、せめて翻訳だけでもと思い、新たに訳し直してみた。作品として不評だった出版当初から、それぞれの人物関係と状況で違ってくるせりふ回しのうまさは、どの批評家も認めていたが、改めて向き合ってみると、他のイプセン劇には見られない日常的な言葉、振る舞いのやりとり、そこに含まれる悲喜劇性に、旧訳のときの理解不足を恥じるばかりだった。これまでの邦訳英訳なども参照し、肯定的否定的に参考にさせてもらったところもある。

わたしはイプセンを訳しているとき、いつもその作品が最高だと思う癖（？）があるのだが、このたびは、掛け値なしにイプセン最高作の一つだという思いに、いかんともし難く包まれていった。

今回も、これまでどおり、論創社の森下雄二郎さんには大変お世話になった。心からお礼申し上げる。

なお、二〇二四年六月の俳優座による『野がも』上演は、この新訳による。

二〇二四年初春

毛利　三彌

＊「アチャラカ喜劇」と銘うった『野がも』の上演台本は、わたしの『イプセン現代劇上演台本集』（論創社）に入っている。

イプセン劇作品成立年代

（一八二八年三月ノルウェー東南の港町シェーエンで生まれる。）

一八五〇年　『カティリーナ』*Catilina*

『勇士の墓』*Kjæmpehøien*（初演）

一八五一年　『ノルマまたは政治家の恋』（パロディ劇）*Norma eller En Politikers Kjærlighed*

一八五三年　『聖ヨハネ祭の夜』*Sancthansnatten*（初演）

一八五五年　『エステロートのインゲル夫人』*Fru Inger til Østeraad*（初演）

一八五六年　『ソールホウグの宴』*Gildet paa Solhoug*（一八八三年改訂版 *Gildet på Solhaug*）

一八五七年　『オーラフ・リッレクランス』*Olaf Liljekrans*（初演）

一八五八年　『ヘルゲランの勇士たち』*Hærmændene paa Helgeland*

一八六二年　『愛の喜劇』*Kjærlighedens Komedie*

一八六三年　『王位継承者』*Kongs-Emnerne*

（一八六四年、国を出てイタリアに行き、その後、主にローマ、ドイツのドレスデン、ミュンヘンに住む。）

一八六六年　『ブラン』（劇詩）*Brand*

一八六七年　『ペール・ギュント』（劇詩）*Peer Gynt*

一八六九年　『青年同盟』*De unges Forbund*
一八七三年　『皇帝とガリラヤ人』（歴史劇二部作）*Kejser og Galilæer*
一八七七年　『社会の柱』*Samfundets støtter*
一八七九年　『人形の家』*Et dukkehjem*
一八八一年　『ゆうれい』*Gengangere*
一八八二年　『人民の敵』*En folkefiende*
一八八四年　『野がも』*Vildanden*
一八八六年　『ロスメルスホルム』*Rosmersholm*
一八八八年　『海夫人』*Fruen fra havet*
一八九〇年　『ヘッダ・ガブラー』*Hedda Gabler*
（一八九一年、長年の外国生活から故国ノルウェーに戻り、晩年を過ごす。）
一八九二年　『棟梁ソルネス』*Bygmeter Solness*
一八九四年　『小さなエイヨルフ』*Lille Eyolf*
一八九六年　『ヨン・ガブリエル・ボルクマン』*John Gabriel Borkman*
一八九九年　『私たち死んだものが目覚めたら』*Når vi døde vågner*
（一九〇六年五月首都クリスチアニア、現オスロで逝去。）

[訳者]
毛利三彌（もうり・みつや）
成城大学名誉教授（演劇学）
文学博士、ノルウェー学士院会員、元日本演劇学会会長
主著書：『北欧演劇論』、『イプセンのリアリズム』（日本演劇学会河竹賞）、『イプセンの世紀末』、『演劇の詩学――劇上演の構造分析』
主編著：『東西演劇の比較』、『演劇論の変貌』、『東アジア古典演劇の伝統と近代』（共編）
主訳書：『イプセン戯曲選集――現代劇全作品』（湯浅芳子賞）、『ペール・ギュント』、『イプセン現代劇上演台本集』
主な演出：イプセン現代劇連続上演演出

野がも　近代古典劇翻訳〈注釈付〉シリーズ

2024年 11 月 1 日　初版第 1 刷印刷
2024年 11 月10日　初版第 1 刷発行

著　者　ヘンリック・イプセン
訳　者　毛利三彌
発行者　森下紀夫
発行所　論 創 社
東京都千代田区神田神保町 2-23　北井ビル
電話 03（3264）5254　振替口座 00160-1-155266
装釘　宗利淳一
組版　加藤靖司
印刷・製本　中央精版印刷
ISBN978-4-8460-2481-9　©2024 printed in Japan
落丁・乱丁本はお取り替えいたします